青鷺と遊ぶ

中田髙友随筆集

創風社出版

中田髙友 随筆集

青鷺と遊ぶ

目次

中田高友 随筆集

青鷺と遊ぶ

地図

二〇二〇年十二月下旬の朝日新聞朝刊を読んでいたとき、下段の広告欄に「『地図』で読む松本清張」という大きな活字を見つけた。かねてから地図に興味をもっていたのだが、松本清張にも関心があった。金額欄を見るとそれほど高くはない。かといってすぐに買う気は起こらなかった。が、いずれその気が起こりそうな予感がしたのでその広告欄を切り抜きし、クリップで挟んだメモの束に加えておいた。

地図に関心をもちだしたのは十五年ほど前からである。二〇〇五年の朝日新聞社出版の雑誌「知恵蔵」の付録に「情報・世界地図」があるというので、地図が欲しさに読む気のないその本を買った。さらに翌年には同じく知恵蔵に「情報・日本地図」の付録があることを知りそれも買った。それ以来書斎の机上には常時二冊の地図が置いてある。現在は、日本地図の方はページがバラバラにはずれてしまったが背表紙はガムテープで補強している。しかしそれでもまだ現役である。

子供たちが皆成長して家を出ていったから、子供部屋の地球儀を自分の部屋に持ち込んで世界中を眺めて見たところ、ソ連が崩壊したので東ヨーロッパ諸国の国境が分かりづらい。知恵蔵付録の世界地図はその点はっきりしている。

日本も平成の大合併で市町村が大きく変わった。我が愛媛県も七十市町村から二十市町に大幅に減っている。付録の日本地図は全て合併後の市町村になっている。

近年ネットで情報を得るようになってから国名や県名などが目につくようになった。自分はラジオ党だから音でも入る。いずれもすぐにメモをする。後刻そのメモを見て地図を開き該当の箇所を確かめる。そのおかげで世界中の国がどのあたりにあるのか、大体頭のなかで描けるまでになった。日本国内も各県の位置がどのあたりかがわかるようになったが、県の輪郭だけではまだ判断できるところまでには至っていない。もしクイズで海に面していない県は何県で、どれだけあるかという中学生の問題くらいならようやく答えられるまでになった。それに県都の名は全部分かるが先年の合併で自治体の数が減ったとはいえ、市町村名まで覚えるまでには余命が持ちそうにない。

以前松本清張の推理小説が好きになり、目に付く題名から巡に買っていた。もちろん文庫本ばかりである。その中に、内容はほとんど忘れているのに、最後の描写の一部分が印象に残って何時までも心から消えない作品があった。それは我が家からそれほど離れていない予讃線の伊予灘あたりに、長浜駅から松山方面に少し行ったところの駅の名がでていた。そこから山に向かって急な坂をタクシーで上って行くとある集落がある。その集落から少し離れた山中で白骨死体がでてきたという筋書きであった。

描写がまるでタクシーに乗って走っているような感じがして、作者は現地を取材にきて執筆したのだろうと推測していたのである。その作品を読んでから、国道三七八号線を自家用車で松山方面に走るたびに、長浜を過ぎるといつも白骨死体の描写を思い出し、山手の上の方を眺めていたのであった。

冒頭の地図で読む松本清張の本の広告を見て一ヶ月ほど経った頃、ついに最後の文章を再度読みたくなり、切り抜いておいた広告の本を買うことにした。

というのは、五年ほど前に本棚を整理したおり、松本清張の文庫本は「日本の黒い霧」など数冊を残して処分してしまったからである。このとき長年最後の文章が気になっていた本を捨てるときには不思議に頭の中から消えていた。題名を記憶していなかったせいだろうと思う。

通販会社の注文履歴を見ていると二〇〇三年十二月五日に松本清張の文庫本を数冊買っていた。通販の欠点は中身が見えないことである。それでも簡単な説明を読んでいるとどうも題名は「火の路」らしい。

注文した翌日の夕方に届いた分厚い上下二冊の最後の部分を急いで確かめた。間違いなくこの作品であった。

巻末の解説には、この小説は「朝日新聞朝刊」に「火の回路」という題で連載されたということであった。が、単行本として出版する際に「火の路」と改題されたらしい。

原稿用紙一七〇〇枚を超えると言われる長編で、自分にとっては興味のない古代史学の論文を主題にしている。興味がないせいかとくに難解に思えて、論文になると飛ばして読みたくなるほどであった。解説によればやはり連載中に「難解過ぎる」と読者から苦情があったらしい。

主人公が「論文」だと言われるだけあって、いたるところに古代史の論文が出てくる。終わりの方になって、イランから日本に至る古代史の流れを、新幹線の中で主人公「高須通子」が雑誌に掲載された自分の論文を読んでいる。だが彼女と離れたところで事件が起きてゆく。後で知人のカメラマン坂根要助からきた手紙の中でその犯罪の実態が彼の推測とともに明らかになっていくという、スケールの大きい推理小説である。

自分がどうしても忘れることができなかったところは、最後の章「沈黙の風」の終わり近くの文章である。抜粋すると次のようになっている。

「・・・九月の末だった。

通子は、新聞の社会面の隅にある記事をなにげなく読んだ。

《二十八日午後二時ごろ、伊予郡双海町字壺神付近の山林中に男のばらばらになった白骨死体を登山の村民が発見、届け出た。首がはなれ、右手もはなれているので、他殺の疑いももたれたが、所轄署でしらべたところ、約七ヶ月前に山林で縊死し、半ば白骨化したときに縄が切れて死体が地に落ち、山犬や野鳥に喰い荒らされていたことが分かった。所持品はなく、上衣の裏に「海津」のネームがある。年齢五十歳過ぎ。現場は、予讃本線喜多灘駅から南の山地に約一キロ半上がったところ、壺神山（九七一メートル）の北山腹にあたる深い山中である》

活字が紙いっぱいに雲のようにひろがって、眼の前がくろずんできた。

通子は、市中で買った五万分の一の地図で、伊予郡双海町字壺神の所在をさがした。新聞記事にある予讃本線喜多灘駅が手がかりだったが、駅は伊予灘の海岸すれすれに在った。その南のかなり入ったところに壺神の小さな活字があり、集落も表示されていた。だが、そこに行くには普通の道でないことがわかった。等高線は皺を寄せ重ね、複雑な木目になって詰まっていた。村道の印が一筋の糸のように等高線の間をジグザグに縫っていた。・・・」

十八年ぶりに一週間ほど掛かって読み終えた。最初のときには事前に調査をしていたものとばかり思っていたが、二度目に読んだときには、これは五万分の一の地図を見ながら書いていたのではないかと思うようになった。

松本清張という人は、列車の時刻表と地図を見るのが趣味だということを何かの記事で読んだ記憶がある。とすると先ほどの白骨死体の場所の描写は納得できるのである。それに、なぜ観光地でもない無名で殺風景なこの場所を選んだのか。作者は、地図を見つめながら別府航路の船が間違いなく通る位置が確認できる場所を探したように思える。そこで犯人を縊死させる場所としてこの地を選んだのだと思うに至った。またそのことを臭わす文章もある。

当たり前のことだが地図は平面である。自分が買った情報・日本地図には観光用にも用いられるように等高線はなく色で高低差が判別できるようになっている。これが五万分の一の地図になると全て等高線である。想像力の豊かな松本清張であれば地図を見ているだけで立体的にその地形が浮かんでくるのだろう。

この作品だけでなく、「砂の器」や「ゼロの焦点」などにも似たような場面が出てくるのを思い出した。急な斜面の田舎道をタクシーで走る描写である。全てではないだろうがやはり地図を見ながらペンを進めている感じがするのである。

彼は芥川賞受賞作家である。デビューしたときは純文学の作家であった。それが「点と線」で斬新な推理小説の世界を開拓した。彼が出る以前の作家は、作品に出てくる場所は「S市」などとして地図上の地名でなく架空のものが多かった。が、彼は作品に登場する地名はできるだけ地図上の地名を使った。それに普通の生活の場を舞台にした。舞台が日常生活の場であるから殺人事件となると恐怖感がより身近に感じられる。

現在のミステリーでは、観光地を舞台にしたものや、列車や飛行機などの時刻表をトリックに使ったものが流行しているが、当時としては新鮮であったろうと思われる。

地図に興味を持ちはじめて知恵蔵付録の世界地図と日本地図を買った時期が、松本清張の作品を集中的に読んでいた時期とおおむね符号する。地図が気になりだしたのは松本清張の作品のおかげのようである。

彼が書いた作品の数は七〇〇冊ほどあるらしいから、小説に出てくる地名の数もおびただしいものになるだろう。とても自分には全小説の読破は無理だし地名を探すことも困難である。そして考えるのである。中学時代に今ほど地図を頻繁に開けていたらもっと地理の成績が良かったのだがと後悔する。しかし、今更過去を悔やんだとてどうなることでもない。およそ人生とはそんなものではなかろうかと自分を慰める。

過去の集積の上に『今』があるともいえるのだから、自分としては、これからも地図の中の地名探しを可能なかぎり続けることができる生き方をしなければと思うこの頃である。

（二〇一一年）

ひぐらし

二、三日青空の日が続いていた七月上旬の午後に、大手新聞のデジタルニュースを見た。上から五番目に「四国地方・梅雨明け」とでている。気象庁が「梅雨が明けたとみられる」というやんわりとした表現をしたらしい。昔は「梅雨明け宣言」などといっていたが、最近では官僚的表現になった。表現はどうであれ気象庁のお墨付きがでたのだから今日からは本格的な夏である。外に出ると、出会う人ごとに、「梅雨が明けたらしいですなあ」という挨拶になる。

それから一週間ばかりたったある日、近くの桜並木の下を歩いた。例年どおり蝉の声が騒々しい。「ニーニーゼミ」「アブラゼミ」「クマゼミ」が一斉に鳴いている。こうなると音の洪水である。まるで身体全体が音の重圧に耐えかねて消えてゆきそうな気になる。

それでも少し空が曇ってくると、近くの山の方から、微かに「ひぐらし」が涼を運んでくる。

私は山奥に育った。しかし幼少の頃にはこの「カナカナ」という奇妙な音を、ひぐらしという蝉の声だとは知らなかった。

三年前に、東京に居る小学生の孫が二人だけで遊びに来た。しきりに「クマゼミ」を追っかけているので聞いてみると東京にはいないのだという。こちらではクマゼミが夏の主役である。この歳になるまで全国にいるものとばかり思っていた。そうするとひぐらしはどうなのだろう。この蝉は常時鳴いているわけではないから、そのとき訊ねなかったのを後悔したが、数年前に「蜩の記」という映画をテレビで見た。最後のシーンに山奥の緑だけのなかに哀調を帯びたひぐらしの声だけが流れていた。なかなかにくい演出だと関心したのを覚えている。作品の舞台がどのあたりなのか小説を読んでいないのでわからない。図鑑を見れば生息地がでるからすぐに解るのだが未だに調べていない。

羽は透明だが、クマゼミの大きくて精悍な身体に比べると軟弱な感じがする。おそらく日陰を住み処としているからだろう。

昔は蝉の鳴く時期が若干種類によってことなっていたように思う。ところが最近では三種類とも声を揃えて鳴いている。以前より大きな音のように聞こえるのはそのせいかもしれない。

そんな状況になっても「ひぐらし」は、同じ蝉でありながら自分の住む場所と時期とを節度ある態度で守っている。現在でも少しも変わらない。鳴き声もクマゼミとは対照的に少し感傷的な気持ちになってくる。

ところで戦後まもなくの中学校は、まだ教育委員会制度がそれほど定着していなかったせいか今では考えられないような行事があった。時期はたしか夏休み期間中だったたと思う。思い出す度に背筋が寒くなるのである。そこには必ずひぐらしがいっせいに鳴いていた。

当時は貧しい家庭が多かったから、修学旅行の家庭の負担を軽くするために生徒たちが「草刈り」をして賃金をもらっていた。合併前の「村有林」（当時は市の財産区となっていた）の山林の一部が伐採され、その後に苗木が植えられていた。財産区としては苗木がある程度生長する間は毎年草刈をして保護しなければならない。その草刈を生徒がするのである。

私たちの校区は、合併以前は独立した村であった。区域内には三十戸前後の集落が二十三地区にわたって存在している。中学校はやや端の方にあった。

草を刈る場所へ行くには、学校に集まって全員が行列を作って登るのではなく、地区毎に数カ所集合所が決められ、先輩たちの後について行くことになっていた。山々の尾根伝いに細い一本道が続いていた。たしか一人の大人が先導してくれていたように思う。しかし自分には先輩の姿しか記憶にない。

腰の高さくらいの草ばかりのところがあるかと思うと、薄暗い杉や桧の林なかに入ったりした。

行く時は朝が早いので、草の露でズボンが重くなった。一時間ほど歩くと急に前が開けて明るくなった。目的地である。傾斜が三十度近くある急傾斜地で、見下ろしても、山肌が起伏していて下まで見えない。他の生徒たちは下の方に集まっているらしかった。草の中を下って行く。到着すると既に大半の生徒が集まっていた。

先生や財産区の人達から説明があり、横一列になる。急傾斜なので足場が悪い。真夏の草の臭いが身体全体を包んで、汗の臭いと混ざって蒸せるような気分になる。隣と近づき過ぎると鎌で相手を傷付けるから、適度に間隔を置かねばならない。目的は小さな苗木に巻き付いた草を除去するのだから、むやみに鎌を動かすこともできない。田舎で育ちはしたが、このような作業は経験した事がなかった。中学二年生にしてはかなりきつい仕事であった。

「夏草や強者どもが夢の跡」という芭蕉の句は、やはり夏草の独特な臭いが感じられる。が、とても俳句などできる雰囲気ではなかった。苦しさから早く逃げ出したい気持ちの方が強かった。

草刈りで最も注意しなければならないのは「マムシ」である。噛まれる時は足で踏んだときだ。近くで音をたてているとすぐに見えなくなる。窪地になっている水気のある所によくいるが、乾燥している所にもいるから要注意である。

無事に午前中の仕事が終わった。

持参した弁当を食べる。今まで学校の遠足で皆と一緒に弁当を食べたことはあるが、そんな楽しい気持ちにはなれない。

弁当を食べて一時間ほど休むと、午後もまた続けた。首に巻いたタオルは汗でぐっしょりである。

帰る時は再び地区毎に集まる。出発するのは午後三頃だった。慣れない作業で身体は疲れきっていた。それでも、ようやく終わった安堵感に不思議と足は重くなかった。

朝来た道を帰ってゆく。同じ道なのに見る角度が異なるのか新しい道をあるいているようである。各人がそれぞれの出来事や感想を語りながら薄暗い杉林の中に入ったときである。ヒグラシが一斉になき初めた。いやそうではなく、鳴いている音の中にこちらが入っていったのだ。傍にきても声に気が付かなかったのである。

近くで鳴いた声のすぐ後に、遠くからこだまのように響きが返ってくる。近くで鳴く声は賑やかとも取れるが、遠くから聞こえて来る声の音は、陰りのある哀調を帯びていた。どこかで聴いたような、ものごころが着く以前に聴いたものなのか、あるいは本能的なものなのかは解らなかったが、とらえどころのない感情でいっぱいになっていた。

この一日の出来事はよほど精神的に堪えたとみえて、成人しても度々夢の中で苦しんだ。

二年前に友人にこの話をしたら、

「ああ、あった、あった。暑かった。たしかマムシが出て問題になった。すぐにあれがなくなったのはマムシのせいだろう」
と、楽しそうに言った。
苦しく感じていたのは自分だけだったのかもしれなかった。

山村暮鳥は、『ある時』と題して、
「また蜩のなく頃となった
かな　かな
かな　かな
どこかに
いい国があるんだ」
という詩を残した。

連日猛暑日が続いている。
ときおりひぐらしの声を聞くと、自分もどこかいい国にゆきたいと思ったりするのである。

（二〇二〇年）

消えない歌声

五月も下旬になると雨の日と晴れの日がせわしげに入れ替わる。
その日は朝から気持ちよく晴れていた。慣例なっている朝の十五分ほどの散歩を済まして部屋に入ると、久しぶりにテレビのスイッチを入れた。地元のテレビ局が健康食品のＣＭをやっていた。すぐに映画専門チャンネルに切り替えた。すると白黒の画面で終戦後まもなくの街中の様子が写っている。その中の中央やや奥の方に見覚えのある数人の姿と奇妙な旋律が聞こえた。軍帽を被り白い着物で松葉杖をついている。これを見た時、瞬時に時間が六十五年ほどまるで音をたてるように逆回転した。子どものころから記憶のなかに黒い澱のように溜まっていたあの歌声が甦ってきたのである。

「ここは御国を何百里、離れて遠き満州の…」

あれは五、六歳のころだった。

当市の街中の南側に、四国八十八ヶ所の札所を模して、杭に寺の名を書き地蔵尊を据えた、「お四国山」という標高百メートル程の三日月型をした山がある。いつの時代であったか、市内の信仰心の篤い財力のある個人が造ったということだった。

この山の縁日があり、母は自分を連れてお参りをした。大勢の人達が前後して山を登っていく。子どもの足ではかなり急な坂道で、大人達についてゆくのがやっとだった。それでも頂上に着くとそこは平らな広場になっていて、そこから北側の街中を見下ろすと、いつも山奥の谷底で生活していた自分にとっては別世界を見る気がしたものである。

一休みして今度は下り坂である。くの字型の急な坂道を下りると大きな杉林の中になる。道は緩やかになった。すぐ下には寺の屋根が見え始めた。道幅が少し広くなってきた。辺りは日陰で薄暗い。その道の山側に三人の白い着物を着て軍帽を被った人が歌いながら立っていた。首から小さな箱をさげていた。胸が詰まりそうな悲しい曲であった。

「ここは御国の何百里…」

松葉杖をついている人は片足がない。片手のない人がいる。更にもう一人は片方に眼帯を当てている。その異形な姿に不気味さと恐怖感にかられ、自分は母の横で隠れるように三人の前を過ぎた。通り過ぎても哀調を帯びた調べは何時までも心にこびりついて黒い澱のように溜まった。

その後、年を経るにしたがって、時折あの曲に出会った。そのたびにお四国山で出会った異様な風景とともに、哀調を帯びた旋律がダブルイメージとなって、暗い過去が頭の中で再現されてくるのだった。しかしその曲が、誰が作詞作曲したのか調べる気にならず今日まで経った。

自分は終戦の前の年に生まれたので厳密には戦中派と言えるかも知れないが、戦争そのものの記憶はない。微かにあるのは、母の背に負ぶさってＢ２９の頭上を飛んでゆく音を聞いた。それも記憶の遠い彼方から聞こえてくるような気がするくらいなものである。ただ轟音がすると慌ただしく走る母の背中の激しく揺れる感覚だけで、「Ｂ２９」という言葉は後から誰からともなく聞いたのだろう。とても戦争の記憶とはかけ離れている。

自分はこの際長らくこびりついている不思議な響きの歌の正体を知りたいと思った。

いろいろと調べてゆくと、この歌は「戦友」という軍歌であることがわかった。当時は歌詞も明確に記憶していたわけではないが、ただ「ここはおくにの…」というところだけは記憶にある。それに旋律だけは覚えていた。

作詞者は、真下飛泉という人らしい。作曲は三善和気である。時代は日露戦争という。自分が初めて聴いたのは太平洋戦争の後のことだから、昭和になって作られたものとばかり思っていた。だが随分古い歌であった。

この旋律は誰が聞いても、戦意を高めるものとは感じないだろう。それに歌詞が哀しみに満ちている。自分は「ここはお国の」と覚えていたが、原作は「ここは御国を」であった。

全部で十四番まである。

第一番、「此処は御国を何百里、離れて遠き満州の、赤い夕陽に照らされて、友は野末の石の下」

大正時代に流行ったといわれる「船頭小唄」にどこか通じるような旋律である。作詞作曲は共に別人なのだが、退廃的で哀調を帯びている。それでも「戦友」は、題名のとおり軍歌の範疇にはいるらしい。

最近憲法九条の解釈で戦争という言葉が身近に飛び交っている。北朝鮮のミサイル発射や中国の尖閣諸島近海の船舶航行の報道など、国を守るためには自衛隊を軍隊としなければならないという一部の声に応えるべく、改憲論者を後押しするような状況があることも不気味さを増している。戦争になれば、どれだけ敵の兵士を殺すかだろう。結果は過去の第二次世界大戦を思い起こせば明らかだ。犠牲になるのは兵士だけではなく弱者である女性や子供にも及ぶだろう。

戦争が終われば傷痍軍人が必ずできるはずである。

今日まで苦難の生活をおくって来られた人達からみれば、自分のような子どもの些細な思い出など採るにたらないできごとしれない。しかし、子どもの時に経験した恐怖に近いできごとは、心の奥に傷跡として残っている。その傷口はことある毎に大きくなることはあっても小さくなることはない。ましてやあの哀調を帯びた旋律とともに消えることはないような気がするのである。

（二〇二〇年）

伊賀焼（谷本　洋）

つぶやき

最近は年賀状を出す人が減りだしたという。原因は電子メールで新年の挨拶をする人が増えたせいらしい。自分も初めてパソコンを買ったのは電子メールで子供たちと連絡することが目的だった。新しいことの好きな性格から前代未聞の手法に興奮したものである。ところがあるとき、ふとこのメール書きは、書いてはいるが書き言葉でない言葉なのだと気が付いた。日常の話し言葉をそのまま文字にしているから、文章として読むとたしかに話し言葉のように感じる。しかし文章とはいえないようなのだ。

最近外国に療養に行っている友人との交信を切っ掛けにして更に気になりだしたのである。自分に比べて彼はメールを書くのがうまい。

電子メールが無い頃には葉書か手紙が自分の意思を伝える手段だった。（もちろん意思を伝達するだけなら電話があったのだが）

その当時は、「手紙の書き方」という本が書店に並んで居た。それによると、「夜に書いた手紙は、翌朝出す前にもう一度読み直して投函すること」と注意書きがあった。なぜかというと夜書いて居るときは感情的になって居る場合が多いので、冷静になった朝にもう一度読み直してみる。それでも違和感を覚えないなら投函する。つまり客観的に自己を見つめ直す時間をもつことを勧めていたのである。

ところが電子メールが主流になった現在ではそれがなくなった。電車の中で腰掛けていても、歩いているとき受信音が聞こえるとすぐに立ちどまって返事を書いたりする。電話で話す代わりに文字で意思を伝えるのだ。当然話し言葉が書き言葉になってしまう。文章を書くと「推敲する」という手段があるがそれをしない。今の人たちは推敲という意識など毛頭ない。そういった奇妙な文章でない文章が世界を駆け巡っている。最近ではSNSと称する「ツイッター」、「フェイスブック」や「ライン」などが主流で、いずれも似たようなをものだ。投稿するには文字数が限られているから極力短い言葉で入力する。

ツイッターが流行し始めたころ、しきりに投稿している娘に「ツイッターとは何だ」と訊いたところ「つぶやき」だと答えた。つぶやきは「独り言」の部類で、正式に特定の相手に伝える言葉ではない。発信者の心情が表に出てはいるが内面的な部分が残っている。いわば公言したのでもなく正式な文書でもない。

このあやふやな言葉が発信者の正式な言葉と思ってすぐに反応する。こういった現象が世界中に飛び交っているのである。

電話はまだ牛の声が聞こえるから相手の感情の動きが感じ取れるけれども、SNSの文字はそのときの感情を絵文字などで追加しているくらいで、他は文脈で感じるしかない。つまりは相手の感情などはどうでもよく、ただ自分の気持ちだけを伝えればよいというのだろう。

一時期ある会社の会員になってどのような会話をしているのか探ってみたことがある。「今どこそこにいる」とか「あの人の考えはおかしい」などと自分の動きに合わせて書き込んでいる。歩きながら携帯電話を掛けているのと同じである。「つぶやき」だからそれでよいらしい。自分の意思を明確に特定の相手に伝えるのではない。その時の気分を外部に出せばよいのである。

その後、他人のつぶやきをみるだけでこちらからの発信行為がないものだから、あるとき会社から脱会して欲しい旨のメールが届いた。大体中身が解ったのですぐに脱会した。このとき感じた「つぶやいてどうする」という疑問は今もなお続いている。

今まで外に出せなかった自分の意思や不満などの感情の一部がすぐに外界に出るから、憂さ晴らしにはなる。だがただそれだけのことである。しかしこの「つぶやいたらどうなる」という結果は、世論の一部とみなされて、その時の社会状況しだいで国家をも動かす場合もあるということを経験した。これは最近の国会でも騒がれた「保育所落ちた死ね」などはいい例である。さらには国を代表する人物などのつぶやきになると意義は大きくなるのは必定である。たかが「つぶやき」では済まされなくなるのだ。

ところで自分に届いた友人の電子メールは実に書き方がうまかった。話言葉が上手に文章になっている。これに返事を出すとき、自分は書き言葉になってしまうから、まず文章になっているかどうかをみる。そして推敲をする。句読点などの位置が適切かどうかを考えるものだからなかなか返信のクリックを押すことができない。十分以上もかかることがある。そして送信した文書を「送信済み」の欄で再度確認しなければ不安なのである。自分がいかにインターネットを使いこなしていないことのよい例である。伝達手段が文書から電話に、電話から電子メールに変わっているのにそれについていけないのである。

しかし電子メールも文書である。媒体が紙から電子に替わったけれども書き言葉であることにはかわりがない。ならばもっと書き言葉を知る必要があるのではないかと考えてしまう。以前に出版した自分の本を電子書籍化しないかと業者から勧誘があった。現在進行中であるが果たしてどんな本になるのだろう。

若い者を中心に膨大な数の人がＳＮＳを利用している。自分のような考えの人間は古い。これからは若者の時代なのだ。戦後の日本の礎を創ったダグラス・マッカーサーは、合衆国議会合同会議で「老兵は死なず、ただ消え去るのみ」と退任演説をしたというが、その言葉を賛美するほど自分は成長していない。早晩自然の法則でこの世から未熟な精神のまま消え去る運命にあることは間違いない。かといって、その一方では、まだこれから何処まで便利な世の中になるのか確かめてみたいという気持ちも密かに持っている。

（二〇二〇年）

サンタクロース

二〇二〇年はあらゆる面から歴史に残る年になりそうである。今日は十二月十五日だが、世界中で「新型コロナウィルス」は猛威を振るっている。国によって異なるけれども、都市のロックダウンや外出自粛などで感染拡大を抑え込もうとしている。ペストなど感染症拡大の歴史はあるにしても、これほど短時間で世界中に拡大したことはあるのだろうか。交通機関の進歩で世界が狭くなった証拠かもしれない。とにかくあの手この手でウイルスと格闘している状況が毎日のようにメディアに報道されている。

その中にあって、困惑しているのは経済活動を担っている大人たちだけではない。クリスマスが近づくと子供たちも気が気ではない。というのは、サンタクロースが外出制限をされるのではないかと不安なのである。もしサンタクロースに外出制限が課されると、クリスマスにプレゼントが届かないのである。

そんな中、時期が来たので孫の一人に例年通りプレゼントをしようと思いたち、東京に住んでいる長女に電話をいれた。昨年プレゼントをしょうと思っていた品が危うくダブるところだったので、今年は早めに確認することにしたのである。考えていた品の名を伝えると大丈夫だとのことであった。すると娘は、

「プレゼントの主はサンタさんかい、それともじいじかい」

と訊いてきた。自分の頭の中にはサンタさんしか存在していなかったので一瞬戸惑った。さすがは母親である。考えてみれば小学三年だから微妙な年頃なのだ。私は、

「マー君（雅尭）にはまだサンタさんは生きているかい。贈り主はどちらでもいいからそちらに任せる」

と言ってスマホを閉じようとした。ところが娘はやや興奮気味に声に弾みをつけて、

「ネットで先ほど『ＷＨＯ』が、サンタさんはコロナの免疫を持っているから大丈夫だと言っていた」

と言うのである。

「なに、ＷＨＯが？」

こちらもつられて興奮してきた。子供たちは父親に似てアニメや漫画が好きで、これに類することになるとすぐに興奮する。

そこで早速開いていたノートパソコンの画面をニュースのページに切り替えて、記録されている動画のマークをクリックした。なるほどWHOの女性の担当者がかなり具体的に話している。

「先ほどサンタさんと話したがコロナの免疫をもっているし、年をとっているが元気そうだった。プレゼントを配るのに差し支えない」と言っているのである。

WHOの職員は、記者の質問に答えて、サンタクロースに「免役」がある旨の発言をしたのであった。が、実はその十日ほど前に、イタリアの九歳の子供が首相宛に、

「プレゼントを贈るためのサンタさんに、通行許可証をあげてください」

という手紙を出した。すると首相は、

「サンタさんは世界各国共通の許可証を持っているから大丈夫です」

と返事をしたという情報がネットで流れた。一国の首相が子供の手紙に丁寧に返事を書いたというだけでニュースになりそうな話であるが、内容が新型コロナウイルスとサンタクロースの組み合わせときているのでさらに話題が膨らんだのだろう。

WHOの担当者に、サンタクロースに免役の有無を質問した記者がどのメディアに属していたのかは知らない。だが、この記者は、先ほどのイタリアの九歳の子供と首相のやりとりを十分知っていたと推測されるのである。

このニュースの画面を見たとき、似たような出来事を思い出した。記憶は鮮明ではないがやはりサンタクロースのことであった。何が原因で知ることになったのか忘れてしまったが、内容はざっとこんなものだった。

アメリカのある企業が、クリスマスが近づいたので子供向けに新聞広告を出した。「サンタクロースと話そう」という表題で、宛先の電話番号を載せていた。その広告を見た子供の一人が早速電話をかけた。ところが電話に出たのは国防総省のミサイル防衛にあたっている上官だった。ソ連がまだ崩壊していない米ソ冷戦中のことである。担当者は緊張した。通常鳴ることのない電話が鳴ったのだからその驚きは想像に難くない。ところが広告に出されていた電話番号が間違っていたのである。子供は、「サンタクロースさんはどこにいますか」と言った。担当者は答えに戸惑ったらしいが、そこはさすがに上官である。これは間違い電話だと気がついた。

「ちょっと待ってください、調べてみますから」

と言って電話を置き、若干間をおいて、

「レーダーで調べてみたら、現在北国を南に向かって走っています」

と答えた。子供は満足して電話を切ったという。ところが同じような電話が次ぎ次にかかってきた。広告を見た全国の子供たちが電話をしたのである。

これを契機として国防総省では、クリスマスの夜はサンタクロースをネット上で追跡することにしたというのであった。

そのことを知った自分はクリスマスの夜にネットで検索してみた。すると地図上にサンタクロースが走っている画面が出て少しずつ南に向かっているのであった。

アメリカ国防総省といえば世界に冠たる国家機関である。自由と民主主義を守るためには場所を選ばないのがアメリカであり、ミサイルを使用するのが現代の戦争である。

にもかかわらず、電話番号が間違っていたばかりに国防総省は新しい仕事が一つ増えることになった。およそ戦争とはかけ離れたサンタクロースを追跡するという奇妙な仕事である。


ここまで書いてくるとまた一つ面白い場面を思い出した。かなり昔のことであるが、ハリウッドの映画で、「サンタクロースは存在するのか」という裁判を内容とした作品を観たことがある。記憶が判然としていないが、裁判官が判断をするのに「存在する」という物的証拠がない。それで証拠を求める広告を新聞に出した。これを見た全国の子供たちは、裁判所宛に証拠品を入れた封筒を郵便で送った。郵便局の職員が膨大な量の封筒を裁判所に運んで行く。裁判所では封筒を開けて逐一内容を確認するのだがどれも該当するものが出てこない。それでもまだ若干封筒は残っている。確認作業が終わりに近づいた頃であった。封筒に一枚の紙幣が入っているのがあった。よく見るとそのデザインがサンタクロースだった。

裁判官は、その紙幣を見つめていたが、やがて、

「この紙幣は公的機関が発行したものであるから証拠能力がある」

と言った。従って「サンタクロースは存在する」という判決を下したのである。傍聴に来ていた子供たちは飛び上がって喜んだ。

原作、脚本、監督、俳優ともに誰であったのか全く覚えていないが、未だに記憶の隅に残っている心温まる作品であった。

キリスト教圏外に身を置く自分としては、サンタクロースは不思議な存在である。「サンタさん」と言われれば、イタリアの最高権力者の首相、アメリカの最高機関の一つ国防総省、更には世界中の健康保健機関をとりまとめるWHOでさえ、為す術がないようにみえる。いや、為す術がないというのは不適切な言葉で、逆に子供たちの夢を温かく見守っているように感じるのである。それがまるで大人たちの義務であるかのように…。

キリスト教とは無関係の我が家でさえ、クリスマスが近づくとただ事ではなくなってくる。六人の孫たちは順次サンタさんから卒業した者もいるが、まだ先ほどのように直中にいる子供もいる。日本にはキリスト教信者も多いから同一には論じられないが、ふと子供向け企業の宣

伝にまんまとのみ込まれたのではなかろうかと思うときがある。
まもなくクリスマスである。自分の贈ったプレゼントの主が、はたしてサンタさんなのかそれともじいじなのかは興味あるところだが、あえて訊くことを止めることにした。電話を受けた娘が話していたＷＨＯの記者会見のことを、いつになく弾んだような声で自分に話してくれた言葉の中に、孫の心にはまだサンタさんが生きているという確信めいたものを感じたからである。

（二〇二〇年）

唐津焼（十二代・中里太郎右衛門・人間国宝）

摂氏四一度

毎朝目覚めるとすぐに枕元に置いている携帯ラジオのスイッチを入れる。番組で大体の時間がわかる。ところがその日はスポーツ番組だった。今日からリオデジャネイロのオリンピックが始まったのだ。その開会式の実況放送であった。

四国は連日三五度以上の猛暑日である。ブラジルは冬期にあたるらしいが、これから若者たちの暑いエネルギーが競い合うことになる。しばらくマスコミも賑やかになるだろう。

昨夜のインターネットで見た気象庁の天気予報では、愛媛県は今日も晴れで、最低の気温が二五度、最高が三五度となっていた。専門家によると、近年は大気の運動の方程式が分かってきたので天気予報がやりやすくなったらしい。その結果空模様はパーセントで表示し、気温の変化も時間単位で予報している。今日も予報のとおり暑くなりそうである。

繰り返すようだが、南予地方は梅雨が明けてから晴天が続き、既に二週間あまり気温が三五度前後で変化がない。今は八月だから台風でも来なければまだ続くかもしれない。昨日ＪＡ西宇和農業協同組合は、降雨がなく高温が続くので「干害対策本部」を設置したと地元紙が報じていた。急傾斜地に植栽されている主産業の蜜柑農家にとっては、摘果作業と散水が重なり大変な毎日が続くことになる。

これだけ猛暑日が続くと六年前の残暑を思い出してしまう。私はそのとき兵庫県豊岡市にいた。二日目の九月六日に出石町に行く予定だった。このときも豊岡市は連日猛暑日で、数日前に近くの福知山市では三八・三度などと伝えていた。予定通り豊岡駅前からバスで出石町に行ったが、到着してバスから降りたとき、あまりの暑さに目眩を覚えたものである。

なんとか日程を済まして逃げるようにバスの営業所に着いたら待合室には誰もいない。辺りを見回しているとバスがエンジンをかけて止まっている。中を見ると数人が冷房のきいたバスの中で出発を待っているのだった。

それから三年後にまた残暑の厳しい日が続いた。日本で最後の清流として知られている高知県の四万十川上流の西土佐市に、山峡の中だが小さな平地の「江川崎町」がある。ここの「江川崎地域気象観測所」が四一度を記録したということでマスコミ関係者が殺到した。

この江川崎町で四一度を記録したのが八月十二日であった。その三日前に、私は長男の自動車で孫たちと高知県香美市にある「香美市立やなせたかし記念館（アンパンマンミュージアム）」を観て、四万十川に沿って上流に向かっていた。雑誌などに写真で掲載される「沈下橋」

の下の河原に立って、橋を背に記念写真を撮った。河原の石に触れると痛いように焼けて、とても観光といえる悠長な気分にはなれなかった。それからすぐ上流の江川崎町に架かる県境の橋を渡ったのだった。そのような経緯もあり、四一度の騒ぎが起きたときは、他県とはいえとても他人ごととは思えない近親感を覚えたものである。

ところで、四一度といえば気温差は極端に異なるが、八年前のことを思い出す。時期は秋だった。私は北海道の旭川市に行く機会があった。妻の身内の結婚式に主席するためである。会場はホテルで行われ、無事に終わった。翌日帰る予定だったので、夕方土産物売り場に入って適当なものはないかと物色していた。すると菓子箱の表示に「マイナス四一度」というのを見つけた。珍しい名なので係の人に訊いてみた。

「ここは日本で一番寒いところで、摂氏マイナス四一度の時があったので、それを記念してその名をつけた菓子が作られたのです」という。

南国の愛媛県に住んでいる身としては、地形上毎年雪が降ることはあるが、それほどの寒さを経験したことは一度もない。とても面白い名なのでその菓子を買うことにしたのであった。

このとき日本にこれほど寒い日があったことを初めて認識した。気象庁の記録によると明治三十五年らしい。ということは今年で一一八年前である。それ以後この気温より寒い日が無いということだ。

私は、さきほどの江川崎町の四一度のこともあるので、やがて「摂氏四一度」という土産物が作製されて近くの「道の駅」などの売店で見ることができるのを期待していた。ところが、その夢が実現する前に記録は過去のものになってしまった。その五年後に埼玉県熊谷市では四一・一度になったのである。更に静岡県浜松市で、二〇二〇年八月一七日に同じ四一・一度を記録した。

マイナス四一度の土産物は不動でも、プラス四一度はまだまだ定まらないようなのである。

(二〇二〇年)

楽焼（七世・和楽）

小石

先日の昼下がりである。散歩をしているとき、大型のトラックが後ろからきたので立ち止まり行きすぎるのを待っていた。道路は市道で車線はないが幅員は五メートルほどある。交通量もそれほど多くはない。自分はその時左側を歩いていた。

車が過ぎ去るのを確認してこれから歩こうと右足に力を入れたとき、初めて砂利の上に佇んでいたのに気が付いた。足元に眼を降ろしたとき靴の先に小さな「石英」の石ころがある。屈んで見ると土はほとんどついて無く、全体が白い。大きさは足の親指くらいである。手に持って裏の方を見たがやはりきれいである。これといった目的もなくズボンの右側のポケットに入れた。また屈んで足下を見れば今度は褐色の小石がある。大きさはさきほどの石英程度でよく見ると長方体である。真ん中に白い線が斜めに入っている。土埃でやや色合いが濁って見えるが水で洗えば美しくなりそうだ。反対側のポケットに入れて帰宅した。

昔はコンクリートに混入する砂利は川で採取したものを利用していた。流れで角がとれ円味を帯びていた。川砂利を採取することが禁止されたのか最近は山の岩石を砕いた砕石砂利になった。円味を帯びた石は海岸に行かないと見付けることが困難である。

自分は小石を蒐集するのが趣味ではない。足元を常時見て歩いている訳でもないから、たまたま立ち止まったところが砂利の上であったというだけのことである。

帰宅すると早速洗面所に行き、二つの石を使い古した歯ブラシでよく洗った。石英はいよいよ白くなり、褐色の方も鮮やかな色になった。キッチンタオルで水分を採り、部屋の卓上に置いている織部焼のぐい呑みの横に並べた。そして、並べた二つの小石を交互に見つめていると、不思議に童心に帰った気がしてくるのであった。

二十年ほど前に、三人目の子どもが大学に入学したので家の中を整理していたときのことである。高校まで使っていた長女の机の引き出しを開けていると奥の方になにやらころころと音がする。手を奥に入れて探ると小さな石が五、六個出てきた。いつ頃から入れていたのかわからない。恐らく小学生の初め頃だろうと思われる。

その子は小学校に入ってもなかなか友達ができなかった。自分の殻からに閉じこもっているように見えた。友達に相手にされないから自分の世界を守っていたのか、自分の世界に友達が入りにくい壁があったのか判然としなかった。いずれにせよ、長女は自分の世界を持っていたのであった。自分は、仕事に気をとられて子どもの心を見つめることができなかったのである。

長女が大学を卒業し、就職してからかなり経過したあるとき、家の中でふと見ていたテレビの一場面に眼が止まった。「イルカ」というフォーク歌手が司会者と話していた。

「子どもの頃、私は石ころとばかり遊んでいました。小石と会話をするんです」

と言ったのである。それを聞いて自分はハッとした。引き出しの中の石ころを思い出したのである。

子どもには自然のあらゆる物と会話ができるのではなかろうか。おそらく自分も子どもの頃は周りにあるあらゆる物と会話をしていたのかもしれない。それが成長するにしたがって聞こえなくなったのだ。長女は、自然の中で自由に話し会えるから、友達との会話ができなくても別に困ることはなかったのだ。特別変わった子でもなかったのである。「親となるは易し、されど親たるは難し」。先人の教えがこれほど身にしみたことはない。子供が成人した頃、私はようやくそのことに気が付いたのであった。

長女が帰郷したおりに、フォーク歌手のイルカの話と、引き出しの中の数個の小石のことを話した。

「そうなのよ。小さい頃小石さんとよく話していたのよ。なつかしいな」

と、淡々と言うのであった。

数年前、東京にいる次女の子供で、小学四年生と一年生の二人が、夏休み中に親の同伴もなく単独で飛行機に乗り我が家に遊びにきた。飛行場まで妻と迎えに行ったのだが、特別緊張した様子もなく出口から二人が並んで出てきたときは、こちらが感動した。

飛行場から帰る途中で小さな海水浴場に寄って遊んだ。下の子は海の中で泳ぐのが初めてなので、海水を嘗めて「わあ、しょっぱい」と言ったものだ。上の子は浜に上がると砂の上で寝転んだり石を剝ぐって貝を探したりしていた。

この地方は「青石」が有名である。自分も三センチほどの薄くなった青石を一個拾って帰った。しばらく座卓の上に置いていたのだが、何かした拍子に掃除機に吸い込ませてしまった。掃除機の中のゴミ袋を開けて探すのが面倒で、そのまま捨ててしまったのであった。

四年前に、長男が人事異動で我が家の近くの職員寮に入った。二人の孫がいて、上は男で五歳、下は女で二歳である。母親が二人を連れて週に一度は遊びに来る。

或る日妻が上の孫を連れて買い物に行った。しばらくして帰宅すると、孫が玄関に入るなり、

「じいじに、おみやげ！」

と言って、道ばたで拾った小石を三個私に持ってきた。

「わあー、ありがとう」

早速洗面所で洗って、部屋の座卓の上に置いている備前焼のぐい呑みの横へ、白と茶色の石ころと一緒にして並べたのであった。

その小石が五個、三年経過したがまだそのままで机の上に並んでいる。

（二〇一九年）

有田焼（十四代・酒井田柿右衛門・人間国宝）

真夜中の絶叫

ある夏の終わりの午後十一時頃であった。就寝時間がきたので座卓から立ち上がり、手を伸ばして部屋の明るさを豆電球に切り替えた。畳式のベッドに敷いていた夏布団の上に身体を横たえる。歩き過ぎたせいか、軽く痺れている下半身を少し引き伸ばすように力を入れた。こうすると心持ち楽になる。夕方になると、普通の人とは比較にならない程少ない歩数なのに、膝からじわじわと身体全体に痺れが上がってくる。これが今日一日生きていた証拠でもあるように、毎夜ベッドの上で痺れ具合を確認するのである。

そこまでの動きを済ますと左手にミニコンポのスイッチを持ち、昨夜と同じブラームスのチェロソナタ第一番を聴き始めた。中性的な弦とピアノ伴奏の柔らかい音色が疲労を解きほぐしてくれる。最近はこの曲を繰り返し聴いている。

曲を聴き終わって五分くらい経ったときだろうか。家の前に複数の自動車の止まる音がした。車から降りた数人の話し声が聞こえる。声から察すると親子で隣町の飲み屋に行っていたようだ。自動車が一台去っていく音がした。やがて主人と息子の二人だけの声になった。二人は話しながら二階の玄関に向かって階段を上がっている。二階といっても一階は吹き抜けの資材置き場だから玄関は二階半くらいの高さである。中ほどの踊り場くらいまで上がったらしい。すると、主人の声が突然、

「ガー！」

と、絶叫した。自分の伸びきった神経がピクッとした。近所の窓の開く音がする。こちらも勢いよく戸を開けようとしたが、やっとのことで思いとどまった。向こうは姿こそ見えないが暗闇の中で僅か五メートルほど先に立っているのだ。戸を開ける音で両者は緊迫した関係になることは間違いない。ここはしばらく我慢するのが得策だと思い直して、そのまま眼を閉じた。が、今までの穏やかな感情にはなかなか戻らない。やがて外は静かになった。

腹式呼吸で昂ぶった心臓の音をしばらくのあいだ整えていた。するとこの突然のできごとが、奇妙なことだが以前どこかで経験したことのあるような気がし始めたのである。それは何時のことで何処であったたか。…静かな真夜中…自動車から降りた人の突然の大きな叫び声…。古い記憶が蘇った。

あれはまだ一代の終わりの頃であった。山奥の谷底に私の家があった。前はバスの終点だか

ら方向転換できるだけの広場になっていた。

ある夜のことである。十二時少し前に一台のタクシーが到着した。車から人が降りる音がした。すると突然大きな声で、

「桂小五郎でござる！」

と絶叫したのである。誰に向かって叫ぶのでもない。ただ小川の音だけが聞こえる静かな闇夜の空間に向かって、ひと声自己の存在を知らしめたのだ。すり鉢の底のようなところで奇声を発するのだから集落全体に響きわたった。おそらく酒の力で桂小五郎に変身し、坂本龍馬や西郷隆盛などと倒幕の打ち合わせをしていたのであろう。


その人は酒の酔いが深まると必ず桂小五郎に変身した。普段は物静かで頭の低い人である。出会っても普通の挨拶を交わしている。そんなある日のことであった。この人から突然意外なことを聞かされた。

「T君、今晩街に二人で飲みに行こう」

と誘われたのである。自分は未成年者であったし、法律で未成年者の飲酒が禁止されていることは知っていた。酒は親戚の家で結婚式に呼ばれて口に含むくらいで、飲んだという記憶はない。しかし時代は戦後まもなくの混乱した時期を脱そうとしていた頃だし、奥深い田舎のこ

ともあり、とくに気にするような生活はしていなかった。それとあまりにも突然だったので、

「はあ」

と、歯切れの悪いそれでも若干承諾の意味を込めた返事をしてしまったのである。親に一応話したが特に気にする様子もなかった。たぶん知らない振りをしていたのだろう。

やがて谷間に陽が落ちた。暗くなるのは早い。

タクシーに乗り込んだ。

当時のY市はトロール漁で繁栄していた。三十分ほどで店の前に到着した。場所は「H」というキャバレーであった。入り口の上にはピンク色のネオンが点滅していた。中に入るとホールがあり、天井にはミラーボールが回り、音楽が低めに流れていた。生まれて初めて見る華やかな世界に言葉が出ないほど驚いた。これから起きることがどのようなものなのか全く予想がつかない。頭の中は混乱していた。

右側の中二階に手すりだけで囲われた部屋らしきものがあり、長いテーブルとそれを挟むように長椅子が二つ置いてあった。桂小五郎氏は私をそこに案内した。そして奥の方に行くと、しばらくして二十四、五歳に見える女性を連れてきた。女性は自分の隣に座った。やや痩せ型の柔らかな感じの成熟した女性だった。桂小五郎氏は彼女になにやらひと言話すとまたどこかに消えてしまった。

彼女は慣れた手つきでテーブルの上のコップにビールを注いだ。そして自分を一瞥すると、隣から正面に席を移した。

女性と二人だけになった。照明は薄暗い。自分の頭の中は不安と恐怖に近い感情で言葉が出ない。彼女はその様子を見透かしたようにかすれて低い呟くような声で話し始めた。それは彼女が此処に至るまでの人生の道のりであった。

東北生まれで家は貧しく、義務教育が終わると家族の生活を助けるために実入りがよいと言われてこの業界にはいったこと。育ちが良くない男と知りながらも同棲し、次々と相手を変えて、この店まで来たことなどを話した。小説にでも出てきそうな哀れな人生であった。たとえそのことが嘘であっても、彼女の口から出ている以上真実であるような気がしてきた。自分がどんな人間なのか、桂小五郎氏は彼女にあらかじめ話していたと思われる。だから彼女は、初対面であるにも関わらず彼女自身の身の上を安心して話したのではなかろうか。いや、もしかすると、この男には身の上話が一番適していると計算していたのかもしれないのだ。

自分が知っているのは小説の中の女性だけであった。ましてや女性の肌は母親以外に触れてもいない。そんな未熟な青年が、いきなり男たちを慰めるのを職業にしている女性の前に一人だけで座らされたのである。自分は一言も話すこともできずただその女性の言葉を聴いているだけであった。話が終わった頃には、彼女が話す物語を全部信じてしまっていた。その夜以来、この業界の女性は全て同じような過去を持っているのだと一方的に思い込んだのであった。

当時の桂小五郎氏は、田舎でも「夜の帝王」と噂されていた。いわばその道のプロである。それほどの達人が、行きつけの店の女性を知り尽くしていないはずはない。にもかかわらず、その中から彼女を指名したのにはなにか理由がありそうな気がした。単に夜の世界の雰囲気を教える程度だったのか、あるいはこの世界を支えている女性とは、このような暗くて弱く哀れな人間たちなのだということを理解させようとしたのか、それは謎であった。その謎を聴き出す前に桂小五郎氏は急に事故で亡くなられた。

その事実を知ったのはかなり後のことだった。自分はこの人に随分とお世話になった。大人の夜の世界を教えて貰っただけではない。一身上のことでもお世話になった。現在の自分があるのはこの人のおかげだと言っても過言ではない。いずれ時期が来れば丁寧な挨拶をしなければならないと考えていた。ところがその時期が訪れる前に、急に亡くなられたのであった。山林の間伐作業中に事故にあわれたらしい。あまりにも早い訃報であった。

隣家の主人の絶叫は単なる酒のせいだけではない。自分に対して相当なストレスを抱いていたことは察しがつく。実はその数日前に、工場の音が急に激しくなったので、その事について苦情を申し込んでいた。それだけではない。以前から近所の人達の間で、煙突から出る煤煙のこと、工場の真ん中にある道の不法占拠のこと、作業用自動車の駐車違反などと不満が出揃っていたのだ。おそらく今までのそういった心に溜まった全ての鬱憤を晴らす機会を待っていたのだろう。

その夜から数ヶ月が過ぎた。ところが、隣家に突然異変が起きた。広島へ出張していた主人が急死されたのである。心臓麻痺らしかった。「一寸先は闇」とはこのことだろう。主人を失った工場は、多額の負債があって翌日倒産した。

隣家の階段からもう二度と夜中に絶叫を聞くことはなくなった。だが、同じ絶叫でも、思い出の中から聞こえてくる「桂小五郎でござる」という声は、自分の生きている間消えることはない。

（二〇一九年）

猛暑の中で

兵庫県豊岡市（旧出石町）は、コウノトリの保護地で有名だが、ここには江戸時代から続いている「雪よりも白い」と呼ばれている磁器がある。

「焼き物の歴史は、明和元年（一七六四）に泉屋治良兵衛らによって築かれた「土焼窯」が始まりで、後に出石町柿谷から磁器の原料となる陶石が発掘され、その中に質の良い白石が含まれており、透き通るような白磁が焼かれるようになったらしい。

江戸時代に開窯した窯元は、幕末にはほとんどが閉窯されたが、残った人達が「盈進社」を設立、明治九年に有田の鍋島藩窯の御用細工人であった柴田善平を招いたところ一年でその成果があらわれたと言う。明治十年にフランスの万国博覧会に出品され高く評価された。しかし高級品であったため不況になると「盈進社」は廃業し、精細緻密と形態美を追究する技法のみが現代まで生き続けている。

焼き物の歴史よりも、日本全体の歴史に「出石」の名が度々登場してくる。古くは奈良時代の書物にも見え、山名時氏が但馬を制圧してから、「出石」は但馬の中心として栄えた。その後、足利幕府の後継者問題で山名時義の孫宗全（持豊）が引き起こした内乱、応仁元年〜文明九年（一四六七）〜（一四七七）の約一〇年は、戦国時代の切っ掛けとなったことであまりにも有名である。また孤高の禅僧『沢庵和尚』の生誕の地でもあり、更に、長州生まれの幕末の志士桂小五郎（木戸孝允）が出石に潜伏していたともいう」と観光用パンフレットには書かれている。

自分が焼き物に関する本を見ていて、初めて出石焼の名を知ったとき、自分の生まれたところが、弘法大師ゆかりの地、真言宗の名刹金山出石寺のある出石山の麓で、同じ「出石」という名の付いた山だからであった。そのときから親しみを覚え、機会があったら一度訪ねてみたいと思っていたのである。

二〇一〇年九月三日、豊岡駅に午後一時四十一分に着いた。前日の九月二日は、豊岡市で一時的に四十度前後まで上がり、日本最高温度を記録したとマスコミが報じていたが、三日の午後も暑かった。駅の外に出たが目眩がしそうである。駅前の広場にバス乗り場の標識が立っていたので、「出石行」の乗り場の位置を確かめると、再度駅の待合室に戻り、ホテルの場所を確かめた。

ホテルは、地図には駅の近くに表示してあったが、この暑さではホテルに着くまでに参ってしまう。本命は明日の「出石町」なので、無理をせずに、待合室で地図を出し、駅周辺を眺めて気持ちの落ち着くのを待っていた。

地図を見ていて始めて気が付いたけれども、日本海側と太平洋側が一つの県に接しているのは兵庫県だけである。豊岡市は日本海に接している。今朝、JR福知山線伊丹駅から気車に乗ったから、兵庫県を半日掛けて南北に走ったことになる。しかもその間当然のことであるが、川以外に水の景色を見なかった。ひたすら山の中ばかりが続いていたと思うと急に盆地に出たりする。以前に九州の「久大本線」でこのような山ばかりの列車の旅をしたことを思い出した。福知山駅から山陰本線になる。まもなく豊岡駅に着いたが、思っていたほど大きな駅ではなかった。

焼き物に興味を持つまでは、豊岡市など頭の中には無かった。知っていたのは出石町だけである。さらに平成の大合併でこの出石町が豊岡市に合併されていることさえ知らなかった。近年になって「コウノトリ」が観光の目玉になっているくらいに思っていたら、昨年頃から最高気温が有名になりだした。その程度の知識しか持ち合わせていなかった。

あるとき、かねてから頭の中にあった「出石焼」を見に行こうと思い始め、具体的に地図を出して調べていると、豊岡市の近くに文学で有名な「城崎温泉」という地名を見つけた。自分にとっては忘れがたい地名だ。十代の頃夢中になった志賀直哉の短編小説「城崎にて」の舞台になった温泉地である。近くまで行くのだから「城崎温泉」も捨てがたい。しかし計画は窯場巡りだから、観光は二の次にして予定通り「出石町」を訪ねることにした。

翌日も午前中から気温が上がると天気予報で言っていたが、そのとおり陽が上がるにつれて蒸し暑くなってきた。

どうして豊岡市が暑くなるのか考えてもみなかったが、地図には豊岡盆地とあるように、上流の出石川が蛇行をしながら下り、やがて下流になると丸山川となって日本海に入る。盆地特有の地形が生む夏の気象現象によるらしいのである。

駅の待合室で「豊岡観光協会」が作成している『アクセスマップ（コウノトリの郷公園・出石）』と印刷してある二色刷りのチラシをもらった。それには豊岡駅前から出石営業所までのバスの時間表が印刷してある。見ると所要時間は約三十分である。貸し切りバスに乗るのはあまり好きではないが、路線バスで三十分くらいなら我慢ができる。こんな気候だから午前中のそれもできるだけ速い時間に行動したい。八時三十九分発に乗ることにした。マップにあったとおり約三十分で到着した。

観光地だから名所があるらしいが、目的外なので余分な行動は省略することにした。時間が経つに従って徐々に気温が上がってゆく。

目的は出石焼の窯元が一ヶ所と、全ての窯元の作品を一堂に見れる所があればそれで充分だ。それが済めばこんな暑い所からは早く退散したほうが身のためのようである。

かつて栄えた城下町だけあって街中の雰囲気は観光を目的に保存されている。

停留所から近い川北製陶所に行くと階段がある。二階に上がると主人らしき人が出てきて、「ここから先は駄目です。真向かいの建物の一階に売店があるからそこへ言って下さい」と言う。話し方は無愛想でどうも職人らしい。予約を入れていなかったので事務所が何処にあるのか探している矢先であった。

指示された場所は小道を隔てた小さな建物で、六十代と見える女性が一人で店番をしていた。店の雰囲気から察すると、出石焼は「国の伝統的工芸品」に指定はされているが、今では窯元も少ないので、町の副産物的な存在のようである。作品の数も少ない。

作品は全てが真っ白で、様々な模様が刻まれている。色がないから何の変哲のない白い石の塊のようにも見える。が、この白さが持ち味なのだろう。

やや太めの湯呑みを手にして見つめると、葉の一枚一枚が丁寧に彫られているし、一輪の花びらの一片までが細部にわたっている。普通なら全体が透明な釉薬がかけられて光沢があるのに、これは彫られた部分がつや消しになっている。この光沢とつや消しの微妙な色合いが白さのバランスをとっている感じである。

ぐい呑みを見ると、これは全体がつや消しなのに、底の真ん中に楓の形が一枚つや出しをして浮き上がらせている。出石焼は白色という伝統的なことになっているから、着色を好まないのだろうが、最近色物も作成されているらしい。自分としてはやはり伝統的な白色が好きである。

街中を少し歩いてみたが、あまりの暑さで頭が朦朧として集中力がなくなっている。何のためにこれほど苦労しなければならないのか。気を緩めるとその場に倒れそうであった。

焼き物が無ければこんな地方にまで来ることはなかった。自分にとって焼き物とは何なのか。自分を突き動かす原動力が焼き物にあることは否定できない。ならばその存在はどのように自分とともに存在しているのであろう。朦朧となる気力を奮い立たせる何かが焼き物には存在しているはずである。

焼き物の美的存在を発見させたのは、遙か昔二十代の頃に手にした小さな一個の湯飲みであった。それは誠に偶然の出会いであった。とすれば、その後の自分は偶然の積み重ねで今日まで来たこのであろうか。いや、焼き物との出会いは偶然であったが、出石焼という焼き物をこの目で見て、この手で触って、そして自分の心の中に動かしようのないもの、過去に存在していた時と同じような時間と空間の匂いのようなあるものを自分のものにしたい、という、その強い意志が自分をここまで来させたのではないか。そう決心させたのは明らかに自分の意志であった。厳しい残暑の中に、間違い無く自分は朦朧としながらも存在している自分を意識しているのである。

傍には老人の団体が元気よく動いている。彼らもやはり自分と同じ目的を持っているのだろうか。

かつて自分も団体旅行の経験があるが、言われるままに前の人に付いて歩けば目的地に行き、観て、ただ帰るだけであった。「そこに行き、そして見た」ということであればそれで何も無駄な行為ではない。しかし自分は、それが何か物足りない感じが拭えなかった。そうした思いが積もって、年老いた身で一人歩きをしているだけなのだ。同じ街中を歩いている団体の老人たちは元気そうである。それに比べると如何に自分が軟弱かがわかる。歩いているのがやっとなのである。

昼食時間になったのであまり大きくない食堂を選び、暖簾をくぐり窓際の席に腰を下ろすと「そば」を注文する。そばが当地の名物らしく、いたるところに「そば」の看板がみえる。近くの駐車場に大型観光バスが二台駐まっていた。このあたりが中心地のようだ。

土産物売り場の中を覗いて見ると、入り口の左に、高さ一メートルほどの「柿谷陶石」の原石が置いてあった。この石を精製して白磁の原料にするのだろう。奥の棚には「出石焼」の壺や湯呑みなどの日常雑器が並べてあった。どれも似たような作風ばかりであった。

出石焼は、ただ珍しいというだけで、格別新鮮味のあるものが見あたらない。白磁には「有田焼」があるから、白だけを面に出していたのでは、他の産地に取り残されそうな気がした。


帰る時間になったのでバス停に行ったが、待合室には誰もいない。いないはずで冷房が入っていない。斜め前の広場にバスが停まっままエンジンがかかっている。よく見ると二、三人の客が乗っている。車内には冷房がかかっているから、バスの中で時間待ちをしているらしい。自分も乗ってみたが、外気があまりにも暑いせいかそれほど涼しさを感じなかった。

出石町へは、本物の焼き物を手に取って見ることはできたが、窯元が少ないせいか、窯場という歴史的な時空を超えた雰囲気はあまり感じられなかった。それよりも、この夏の猛烈な残暑を味わうために行ったようなものだった。その後も数年おきに地域によって最高気温が更新されているが、旅の途中で猛暑を経験したのはこのときだけであった。だから猛暑と言えばすぐに出石町を思い出すのである。

（二〇一八年）

出石焼（四代・永澤永信）

気車の中

十二月半ばのある朝のことである。
バス停には定刻の五分前に着いた。既に二人の乗客がコートの襟を立てて待っていた。
正面の舞台の書き割りのような山の上には、厚い雲の合間からわずかに青空が見えていた。
並んでいる乗客の右端に立った。そしてくるりと後ろを振り向いた。国道に面した正面には
コンクリート三階建の事務所兼住宅がある。こちら側の壁に「○○建設㈲」の表示が金色に浮
き上がっていた。国道の拡幅工事による用地買収区域に該当していて、玄関口がまるで新築さ
れたときのように明るくなっている。
時計を見るとまだ三分の間がある。その時であった。何時の間に立っていたのか左側から男
が近寄ってきた。首には長いマフラーを何重にも巻いている。
「JR八幡浜駅に行くには、このバスでいいんですね？」
急に話しかけられたものだから反射的に、

「そうですな。私もこれからそこに行きます」

と答えた。

「あ、そうですか。じゃ私も一緒にお願いします」

男は、知らない土地なので私を道案内にしたいらしい。

ＪＲ八幡浜駅まではここから二十五分程だ。

話し方から察するに開放的な感じである。地元の人ではないことはすぐに解った。早朝から声を掛けられるのは嫌である。が、今朝はとても気持ちがよかった。話しかけられても素直に応答した。

「今年は十一月の終わり頃から寒い日が続いていますな。今年の冬は寒くなりそうだと先日のニュースで言ってましたが」

二日前のラジオの天気予報を思い出して言った。

「私は高知の者です。八幡浜自動車教習所に来ていたのですが、一応区切りがついたので帰って、また出直すことにしています」

「そうですか」

この停留所から五〇メートルほど裏に自動車教習所がある。高知にも自動車教習所はあるだろうに、なんでわざわざここまで来たのか、少し気になった。

男は、話を続けた。

「昨年、免許停止になりましてね。ようやく講習が受けられるようになったので、ここで長期に講習を受けていたのです」

「ああ、そうですか」

一年間も免許停止になるにはかなり大きな事故を起こしていたのだろう。仕事中かそれとも旅行先でか訊いてみたい気がしないではなかったが、しかしそこまで訊くにはかなり勇気がいるし、相手の懐に入りすぎる気がしたので黙っていた。

「高知に行くにはどの便がいいですかね」

「そうですな。ＪＲだと宇和島周り、バスだと松山市から急行バスがあります」

「そうですか。とするとバスの方がいいですね」

こちらに来るときは何で来たのだろう。もしかすると高知から直接来たのではないのかもしれない。何処か他の県の知人のところにでも行っていたとも考えられる。想像が膨らんで来だしたときバスが来た。腕時計を見るとほぼ定刻であった。

乗車するときには自分を含めて五人になっていた。こんなにたくさん乗るのはめったにないことだ。

乗車すると前半分が空いている。運転手のすぐ後ろの一人用の席に座った。男は私のすぐ後ろの席に座った。駅に着くまで一度も話しかけてはこなかった。

駅に着いて自分は窓口で割引カードを出し、松山までの往復キップを買った。後ろに立っていた彼も同様に松山駅までのキップを買っている。キップを受け取るまで彼の傍で待っていた。この男とは、松山まで同行することになりそうだ。バス停で話しかけられたときに、そんな予感のようなものが脳裏をかすめていたのであった。


キップ売り場の前は広い通路である。その余白の部分に組み立て式の木製パネルを設置して、南予地方の車窓から撮った写真が展示してある。彼はその写真に眼を止めた。

「わあ、いいところがありますね」

と、興味ありげに見つめ始めた。次々と写真を追いかけている。

今朝は特に寒い。写真を既に見ていた自分は、彼を残してエアコンが設置してある待合室に向かった。

出入り口には「観光列車・伊予灘ものがたり」をデザインした赤い暖簾がかけてある。普通の暖簾は出入り口の上に掛けるものだが、ここでは暖簾の下のドアは閉じられていて、左側のドアに「出入口」と印刷した白い紙が貼られている。

自分は重いガラス戸を開けて中に入った。

長椅子に鞄を置いて腰をおろした。入り口のガラス戸から写真の展示板が見える。彼は相変わらず寒さの中で夢中に写真を見つめていた。

五分前になったので立ち上がった。待合室から出たとき、彼はまだ写真を見ていたが、自分の姿を見つけると近寄ってきた。

改札では自分が先にキップを出した。

ホームに出てもやはり彼は横に立っている。

列車は定刻に到着した。三両編成である。前から二両目の列車に乗り込んだ。自分が窓際の席に座ると、彼は当然のように横に座った。二十秒ほどして動き出した。いつもなら一人だけで音楽を聴いたり読書をしたりするところだが、今日は何もできない。隣の男は当然話しかけてくるだろう。気は進まないが相手をしなければなるまい。

列車で隣に客が座るのは久しぶりである。初めは外で話しているときと違って違和感があったが、しばらくするとようやく一体感を覚えて話し掛ける気分になった。こちらから声を掛けた。

「松山駅前に、高知行き急行バスの乗り場がありますよ」

この一言で男は話しやすくなったらしい。

「私は高知の山奥のほうなんですが、昨年事故を起こしましてね。自動車免許が一年間停止になったんです。一人で仕事をしていたのですが、免許が無いと何もできません。やっと講習を受けたら免許が貰えるようになったので、八幡浜自動車教習所に、一ヶ月間通っていたのです。まだ少し残っているんですが」

そのことはさきほど立ち話で少しだけ聴いていた。その続きを聞きたかったのだが、バスが来たので途中で途切れていた。今の話で、高知の山奥の出身だということはわかった。とすると、愛媛県に近い方ではないかと想像した。だから八幡浜の教習所に来たのにちがいない。

初めて会った人間に一身上のことを洗いざらい話すには勇気がいる。バス停では事故の原因が知りたい気がしていたが、隣の席になってからは、そんなことはどうでもいいという気がしてきていた。

少し話題を別のほうに変えてようと思った。

「高知には政治家など歴史に有名な人物がよく出ますな。坂本龍馬は別にして、板垣退助、中江兆民、幸徳秋水。戦後は吉田茂。どうしてですかね。太平洋に面しているからですかな」

と言い終わって、これは少しまずいなと思い直した。太平洋に面している県は高知だけではない。それに高知県は県内のほとんどが山林なのだ。しかし、高知人のおおらかさと進取の気質は、どうしても太平洋の広大な海のイメージを抜きにしては考えられそうにはない。

「どうでしょう。たしかに有名人がおりますね」

自分はこの話を続けてみたい気がした。

「太平洋に面した県は高知だけではないですから、それは関係無いとして、戦後では吉田茂がいますな」

「そうですね」

「この人が総理大臣のとき、ある人が、『高知県は交通の便が悪い。なんとかならないか』と言ったら、『自分は高知県の代表ではない、日本国の代表だ』といったらしいですな。たしかに憲法にそのことが書いてあるからそのとおりなんですが、なかなか言いにくいでしょう。選ぶのは県民ですから」

「同じ総理大臣でも田中角栄とは違いますね」

「そうです。角栄さんは地元に力を入れた。本当か嘘か知りませんが、あの人の名前の付いた橋があるらしいですな」

「そうですか?」

「とにかく高知にはスケールの大きな人が多いのは間違いないと思います。政治家や作家など有名人の話ではなくて、これは普通の主婦の話ですが。知人が言うには、街中に右翼の街宣車が拡声器で大きな音を出しながら走ってきた。すると、一人の主婦が車の前に走り出て、「子どもが眠っているのでもっと音を小さくして」と叫んだ。すると運転手が車を止めて「すみません」と頭を下げたらしいです。高知の女性は酒が強いということですが、あの右翼の街宣車を止めるというからすごいですな。女性の肝が据わっているから、男もスケールの大きいのが出るんですかな」

ここまで話したときである。通路の向こう側で週刊誌を読んでいた男が、急に雑誌から目を離してチラッとこちらを見た。そのとき自分の眼と会った。あの席まで聞こえたとすると少し声が大きかったのか、あるいは「右翼」という言葉を耳にしたせいか。場所柄を忘れていた自分が恥ずかしくなり急に声を落とした。

松山までの付き合いだから四、五十分ほどの時間である。まるで知人のような振る舞いにこちらも心が少しずつほぐれてきた。気心が通じ合っているような気がするから不思議である。

男は前にも増して気軽く話し出した。

「私は今年還暦になったんです。子供が二人大阪にいるんです。私は数年前に離婚したんです」

要点だけをぼそぼそと話してくる。

朝から離婚話か。うんざりした気持ちになった。自分には初めて出会った人間に身の上話はとてもできない。どういう神経の持ち主なのだろう。人間的には不愉快な印象がない。だが、今朝の自分は離婚という言葉を聴きたくない心境なのだ。というのは、今月に入って近所の人や知人から、子供を連れて離婚をした若い女の話を二件も聞いている。

一人は、結婚して間もなく急に夫が暴力をふるいはじめた。二人は高校時代の同級生だったという。女は夫の母親と同居すれば治るかもしれないと考えて同居したがそれでもだめだったという。結局別れてシングルマザーとなり一人の子供を育てているらしい。

もう一人は、結婚して間もなく妻の親が病気になり夫婦で面倒を見始めた。ところが男の親に買って貰った家なので、親が口出しをし始め、結局離婚させられたという。

田舎の場合は、長男と長女が結婚するときは親の老後のことでよくこの問題に突き当たる。いうまでもなく結婚と離婚は表裏一体だ。世の中には男と女しかいない。男と女の絡み合いが現実なのだ。

ある男が、結婚している女を好きになり女もその男が好きになる。女は夫と子供を捨ててその男と駆け落ちをする。「古今の文学作品で名作と言われているのは不倫を扱ったものだ」と言った女流作家がいたが、当然不倫が名作になるのではない。既成の道徳と新しい社会に生きる男女の心の葛藤を文章化して、表現されたものが芸術にまで昇華され、万民に後世まで読み継がれるから名作であり続けるのだろう。不倫だけなら犬や猫となんら変わるところはない。

結婚はその時代の法制度の問題であり、男女間の愛憎問題は文学の永遠のテーマなのだ。

しばらく自分は黙って考えていた。

突然彼は、

「一人になると寂しいですね」

と、先ほどの身の上話をするときとは変わって、しんみりとした口調で言った。

これが今の本心なのだろう。今まで二人で生活していたのに一人だけになったのだから寂しいのは当然である。しかし見ず知らずの人間には慰めようもない。この男は精神的にかなり参っているのかもしれない。そうでなければこんなことを口にするはずはないような気がする。


犬寄せトンネルに入った。急に暗くなった。

しばらく沈黙があったが、男は、

「このトンネルは長いですね」

と言った。

「そうですな。予讃線では一番長いと思いますよ。といってもわずか八分程度ですけどな」

自分は言葉を控えめに応えた。そして考えた。

この人は故郷に帰って新年を迎えようとしている。待つ人がいないところに帰っても、はたして帰ると言えるのだろうか。この人にとっては、今までの本人に属する過去の時間的全体像が一体となり、その塊が故郷というものになっているのであろう。この人を待っているのは人ではなく、自分の過去とそれと共にあった場所だけである。過去の自分の中に帰ってゆくのであろう。

トンネルの中に入ってしばらくしたとき、思い出したように、

「一人は寂しいですね」

と、又繰り返した。彼は離婚を後悔しているのだろうか。たしか還暦を過ぎたと言っていた。

この男夫婦には二人の子供があった。父親が還暦だとすればもう成人しているのだろう。成人すれば親の養育義務はもう存在しない。夫婦といっても元は他人である。他人と他人が共同生活することを望んでいたから同じ屋根のしたで生活していた訳で、その必要性がなくなれば離れるしかあるまい。しかし離れて一人になってみると寂しらしい。その寂しい心情を初めて出会った他人に打ち明けている。面白い人がいるものだ。この人は、離婚した後のことを想像したことはなかったのだろうか。

世の中にはいろんな夫婦がいるものだ。喧嘩ばかりしていながらどうにも別れられない男女もいる。まるでそれが運命でもあるかのように。

本当に別れたいなら喧嘩をせずに家庭を捨ててどこかに消えるのが普通だろう。喧嘩をするのはまだどちらかに未練らしきものが残っている証拠のようにも思える。

この男は離婚したくなかったのかもしれない。それがやむなく離婚しなければならなくなっ

たのだとも考えられる。結婚生活に未練があるのだろうか。

人は皆一人で死んでゆく。この男の結婚生活は楽しい人生だったのだろう。どうして離婚に至ったのか訊いてみたい気がしないでもない。彼はそのことを望んでいるのかもしれない。が、訊いたところでどうなるものでもない。一期一会とはいえ限られた時間内の走っている気車の中での出会いにすぎない。

とりとめのない空想が頭の中をぐるぐる回転するだけで、何の得るものはない。それでも気車はただ走り続ける。だがもうすぐ別れなければならない時刻である。

トンネルを出て伊予市駅に着いた。次は終点の松山駅である。

（二〇一八年）

常滑焼（肥田菁圃）

芋けんぴ

八月初めのある午後のことである。

午前中に庭の作業をして少し腰痛がするものだからベッドで横になっていた。すると、玄関の網戸を開ける音がした。女の声で妻となにやら話している。子どもの声もする。近くに住んでいる孫の結花子《ゆかこ》と母親のようだ。最近週に一度くらい遊びにくる。

私の部屋は一階の一番奥にある。やがて子どもの足音が近づいてきた。その後ろに母親がいる気配である。少しだけ開けていたドアがガタガタと音がしたら、急に、

「じいじ。あ、じいじがいる」

と大きな声で叫んだ。そして突然、

「じいじ、ぐちゅぐちゅぐちゅ、ゆか、ぐちゅぐちゅ、いも、ぐちゅぐちゅぐちゅ、けんぴ、ぐちゅぐちゅ、あそぼ」

と、言葉にならない発音の連発である。こんなに長くしゃべったのは初めて聴いた。何を言

おうとしているのか解らない。横になっていたせいで脳細胞の活動が鈍くなっている。しかし、すぐにぼやけていたレンズのピントがくっきり一つになると、長い発音の一部分だけが繋がった。それは「いもけんぴ」であった。それが解ると、さっとベッドから起き上がった。そして大きな声で言った。

「あ、芋けんぴね」

ようやく彼女の言おうとしている全体像が解ったのである。「じいじ、ゆかと、芋けんぴを、食べて、一緒に、遊ぼ」と言ったのである。

「じいじも、ゆかと一緒に芋けんぴを食べようと思って、そこに置いていたの」

と言いながら、彼女とすれ違いに台所のテーブルのほうに向かった。子どもから少し離れて後ろに立っていた母親は、

「ゆか、良かったね、ゆかの言うことが、じいじに解ってもらって」

と言うと、

「絶対に解ってもらえないと思っていました」

母親は感動したように私に言った。

結花子は二歳七ヶ月である。おおかたは理解できるようになったが、時々意味不明で返事に窮することがある。すると彼女は、

「じいじがきいていない」

と、不服そうな顔をして母親に報告する。母親は、すぐにその言葉を通訳してくれる。さすがに母親は子どもの心をよく知っている。

そんな彼女の長い不完全なひと言が、芋けんぴのことだと察しがついたのには、実は伏線があったからである。

というのは、十日ほど前、長男たち家族四人が高知県香美市にある「アンパンマンミュージアム」に行った。結花子がアンパンマンが好きなので連れて行くことになったらしい。そのとき「おみやげ」だといって箱に入った餡入りの菓子と、透明な袋に入った芋けんぴを一袋買ってきた。

「おみやげやさんに行ったら、行く場所毎に芋けんぴばかりでした」

と母親が言った。そのはずである。高知県は芋けんぴが名物である。愛媛県にも県内の「岩城産」のものが出回っているが、やはり近くのスーパーや道の駅の売店などでは、高知県産ばかりである。

結花子が芋けんぴを大事そうに持って自分に渡してくれた。

「わあ、じいじの大好きな芋けんぴだ」

と言ったら、彼女は、

「ゆかも、だいすき」
と、言った。そのとき、
「じゃあ、今度ゆかが来た時に一緒に食べよう」
と言って、芋けんぴだけを別にして、台所のテーブルの上に置いていたのであった。

あれからかなり日数が経っていたのでもう忘れているものとばかり思っていた。ところが今日になって突然枕元で勢いよく話しかけてきたのである。

結花子が我が家に来たいと言うのは芋けんぴを食べたいからではない。「アンパンマン動画」が見たいからである。今日もその動画が見たいものだから、じいじのところに行きたいとせがんだらしい。聴くところによると、どうも来る途中の自動車の中で芋けんぴのことを思い出したらしい。

以前、彼女がパソコンの前の椅子に座っているとき、自分が芋けんぴを音をたてながら食べていた。するとこちらを見て不思議そうにしているものだから、食べるかどうか試すつもりで一本だけ与えてみた。

この菓子はメーカーにもよるが、凶器になるほど堅いものがある。用心して子どもの前には出さないようにしていた。しかしこの頃彼女がずっと落ち着いてきたので、その気持ちを忘れてしまっていたのだ。

試すつもりで彼女に渡したとき、左手で持って口の中に入れた。この子の利き腕は左手らしいとようやく気が着いた。先日家族全員で夕食をしたとき、両親はせめて箸と鉛筆だけは右手にさせたいと悩んでいる様子だった。

今日も洋間へ走って入るなりパソコンの前の回転椅子に座った。自分が出した芋けんぴを左手で口に運ぶと、コリコリという歯切れのよい音が聞こえだした。今では私と彼女の共通の好物になっている。おそらく彼女が好きだというのは、味よりもこの噛み砕くときのリズミカルな音なのではなかろうかと、自分勝手な理由を考えていた。


（二〇一八年）

奇妙な話

家の近くの喜木川沿いに河津桜が数本植えられている。まだ十五年ほどしか経っていないのだがずっと昔からそこに植えられていたような気がする。新築された住宅も完成された直後は違和感を覚えるが、風雨にさらされて数年が経過するにしたがって、いつからそこに建っていたのか記憶にないように当たりの景色に馴染んでしまう。時間の流れは家も木も区別することなく自然の一部に同化するのであろう。

河津桜は花が咲くまでソメイヨシノとの区別は判然としない。が、花が咲くことでその存在を主張する。とても花見客を寄せ付けない寒い早春に花が咲くのである。最近は新設された道路の路肩によく植えられているが、この河津桜も護岸工事のときに植えられたものである。聞くところによると伊豆半島の「河津地区」が原産らしい。(川端康成の「伊豆の踊子」の中にこの地区の名が出てくるが、河津桜という花は文中には出てこない。河津桜はこの作品ができた約三十年ほど後に原木が発見されたらしい)

この花が咲いたときに一番喜ぶのは「メジロ」である。冬にはあまり咲く花がない。我が家の庭に一本だけ植えてある山椿の花にメジロがくる。「ツン・ツン」と金属音に似た鳴き声をしながら深い花弁の中に頭を突っ込んでしきりに蜜を吸っている。椿の花は数が少ないけれども、河津桜はソメイヨシノに似て樹全体が花ばかりになる。咲き始めるとメジロの数も多くなる。

ところで、このメジロには人間界に起きる現象を予知できる能力があるのかどうか解らないが、実に奇妙な話を聞いたことがある。

自分がまだ職場で働いていた頃である。仕事で高知県と徳島県に部下と二人で主張しなければならなくなった。一番都合がよいコースは自動車で大洲市から内子町を通り、国道33号線にでて高知入りする方法だった。まだ高松から高知の高速道路が建設中の頃である。

職員Yの自家用車を使う旨の申請をした。一泊二日の日程であった。

高知で目的地の視察を終えて宿に入った。ほぼ一日中運転していたYはまだ若いせいか疲れた表情もみせないで夕食の席ついた。さすが高知だけあって鰹の叩きをメインにした料理であった。

Yは口数が少なくあまり冗談を言う男ではなかった。職場でも必要意外なことは言わない。

真面目な性格であった。

それでも食事が進むと雑談を始めた。子供のことが話題になったときである。

「Nさん、こんなことを話しても信じてもらえますか」

と言うと、今までと変わらないあまり抑揚のない言葉で話し始めた。

「僕には子供が一人います。女の子です。小学三年になりました。その子が生まれる三日前のことでした。窓を開けていました。妻は何時生まれるか不安そうに、それでもいざという時のためにバッグに必要な衣類などを入れ、いつでも出られるように入院の準備をしていたのです。土曜日だったので私は家の中で妻と生まれた子供の名前を話し合っていました。時期は春でした。よく晴れた日でした。妻が夕食の準備のために部屋を出て台所に行ったその直後でした。借家でしたが窓際に数本の庭木が植えてあるのです。そこに来ていたらしいメジロが一羽窓から部屋に飛び込んできました。部屋の中に入るとは珍しいことなのでメジロの近くにいって両手でメジロを包むように抱き上げました。どこか怪我でもしているのではないかと体を触るように全体を見ました。どこも悪いところはないようなのですが、片方の左側の目が開いていないのです。当然のことですがメジロの目の周りは白くなっています。それが閉じたままなのです。ほかには悪いところもみあたらないのでそのまま植木の枝の傍で両手を開けて逃がしてやりました。メジロは枝に止まると元気に遠ざかって行きました」

彼は素朴な話し方をする。日常のある出来事をそのまま話しているように感じた。

一人で少し長く話し過ぎたと思ったのかテーブルの上に少しだけ残っているビールに口をつけて一休みすると、また話し続けだした。

「妻にはその出来事を話しましたが別に気にとめるようすはありませんでした。夜になり目を閉じるとあのメジロは今どうしているだろう。もう眠る時間なのだが、などと気にしているうちに眠ってしまいました。それから三日後に妻は陣痛が始まり通院していた産院に入りました。陣痛が長引きましたが出産しました。親子とも無事でした。ところが生まれたばかりの子供は何日経っても左の眼を閉じたままでした。産院の方ではいろいろ手を尽くしてくれましたがどうにもなりませんでした。どうも眼球がなかったようです。

子供は眼以外は順調に育ち、今は近くの小学校に通っています。当初は夫婦で悩みました。どうしてこの子だけがこんな姿で世に出なければならなかったのでしょう。自分たちに何か不都合なことでもあったのでしょうか。でもただ一つの救いは、子供がとても明るくて生きることにとても積極的に思えることです」

自分は彼が話しているあいだ、時々眼をあげて彼の顔を見た。特別な感情を見つけることはできなかった。相変わらず低い声で抑揚を控えながら、それでいて無理に明るく振る舞おうという様子も見られなかった。

自分は何も言えなかった。何を言っても無駄のような気がした。

ふと、ラフカディオ・ハーンの「怪談」の世界に迷い込んだような錯覚を覚えた。現代は科学の時代である。しかし、科学の時代とはいえそれが万能であるとは言えないだろう。わずかな隙間があるのではなかろうか。人間は不可解な現象を奇跡とか偶然という言葉で割り切るが、自分が聴いたこの現象はやはり偶然なのだろうか。偶然として余分なことを捨て、さらに前に進むのが現代人の生き方なのだろうか。自分のような凡庸な者に答えの出るはずがない。

自分とYは仕事上の関わりがあるだけである。この話は話として終わればそれだけのことだ。だが、Yは、彼の全生涯をかけてこのことを考え続けることだろう。


翌日、私たちは徳島県のS市を訪問して視察を終えた。往路とは別の道路を回って無事帰着し、上司に報告書を提出した。

Yとは二度とこのときの会話について話をしたことがない。しかし、メジロの鳴き声を聞くと必ずあの夜のことを思い出すのである。


（二〇一八年）

金華鳥

昨年の十二月一日の朝のことである。

妻は和室の真ん中のコタツに足を入れてテレビを観ていた。

自分は昨夜寝る前に決めていたことを実行に移そうと彼女の背中からやや大きな声で言った。声が大きくなるのは最近妻の耳が遠くなったこともある。

「これから小鳥を買いに行くので車を出してくれないか」

妻は後ろ向きに体をよじった。

「え、小鳥？」

案の定驚いた声である。

「なんでまた急に」

と言って、一呼吸置くと、

「インコ？」

と言った。

「いや、金華鳥というやつだ。自分も初めて見るやつだからよくわからん」

妻がインコと言ったのは、彼女が二十年ほど前に洗濯物を干しているとき一羽の小鳥が肩に止まった。それはどこかから逃げてきた手乗りインコであった。子供たちが喜んで数年間飼ったことがある。おそらくそのことを思いだしたのだろう。


自分は、この数年どうかした拍子にふと小鳥を飼いたいと思うときがあった。ところが加齢のせいかどうしても実行に移す気力が湧いてこない。「たかが小鳥一羽くらいに」と思うのにそれがなかなか決断できないのである。加齢のせいで次々と体調の不具合が現れるからかもしれないが、判断力はそれほど弱っていないつもりだ。

しかし、新しい行動を起こすには即断ではなく、ゆっくりと目的に向かって気分を高めていくのがこの頃のやり方になっている。

昨夜床についたとき突然「よし、明日は小鳥を買いに行こう」と、頭の中が鮮明に回転し決断したのである。


実は妻に小鳥を飼うと言い出す二日ほど前に、街なかのペットショップに電話をいれて、現在店にどんな種類の鳥がいるか訊いてみた。電話にでたのは優に八十は過ぎていると思われる女性の声であった。

「そうですな。インコ。これはツガイでおりますが二つとも同じ緑色ですのでな。それに金華鳥がおります。これは雄雌ともおります」

「金華鳥というのはどんな鳥ですか」

自分は初めて聞く種類の名であった。

「そうですな。ジュウシマツみたいなやつです」

「わかりました。とにかく近日中に伺ってみます」

場所は以前にインコの餌を買いに行ったことがあるのでわかっている。ジュウシマツみたいなやつだと言ったから大体の姿は分かった。が、それだけでは不十分だ。金華鳥について少し調べてみようと思った。最近はインターネットで検索すると大体のことは知ることができる。

原産地は、インドネシアやオーストラリアの奥地の乾燥した山地らしい。南方だから暑さには強いが湿気に弱いという。日本に輸入されたのは明治期らしいから四季の変化には慣れていると思われる、とある。しかし、冬の雪の降る日や梅雨期の湿気の続く日をどう乗り切るかが問題である。だが以前飼っていたインコだって似たようなものだ。なんとかなるだろうと思った。

ペットショップのドアを開けたとたん異臭が鼻についた。狭い店内には小鳥が多いが熱帯魚や九官鳥もいる。匂いは小鳥の糞のものらしい。息苦しいほどである。

やがて奥の方から電話に出た人と思われる少し首を傾げた女性が出てきた。この人が店を切り盛りしているのだろう。年齢は九十近いかもしれない。

「あ、電話の人ですか。あれから後でよく見ましたら、金華鳥は雄だけでした。インコはペアでおりますが、見てください。あのとおり二つとも同じ色なので面白くないでしょう」

なるほど二羽とも同じ緑色をしている。

「これが金華鳥です。」

と、五、六羽を一緒に入れてある大きな籠の前に案内した。金華鳥は嘴が赤い。雄だけと聞いて少しがっかりした。できるならペアで飼ってみたかったのである。しかし雄だけ飼っていて後から雌ができたときに飼えばいいだろう。それでそのことを言うと、

「この金華鳥というのは、なかなか気の強い鳥でしてな。相性が合わないとつつき合いをしてひどいときには殺すこともあります」

と言う。全部が全部そうではないだろうが、専門家から言われるとやはり同時にペアでなけ

れば難しいような気になってきた。返事に窮していると、主人はそんな自分の考えを察したかのように、

「鳴き方が面白いと言って一羽だけ買って帰られる方もいますよ」

と言う。

そうだろう。店側としては一羽だけでも買ってもらいたい。でないと常にペアになるようにしておかねば商売にはならないわけだ。なおも頭の中を迷いが駆け巡った。しかし、やはり雄だけを飼ってみようという気に落ち着いた。

「そうですな。初めてのことでもあるし、なにもペアでなければならないということではありませんから、ともかく一羽だけで飼ってみましょう」

と、主人の顔を見ながら言った。

これで商談は成立した。

「ええと次は籠ですな。一羽だけだとあまり大きいのはいらないでしょう」

と、自分は言いながら店の中を見回した。

「そうですな。ちょうど一羽用の小さいのがあります」

主人は、数個の中の一つを選ぶと目の前に持ってきて、止まり木、餌入れ、藁でできた丸い巣などを要領よくそろえた。

「次は餌ですな」
と言うと、稗、粟などを混ぜた大小の袋を出してきた。更に小鳥のサラダと書いた緑色の顆粒状の袋と、貝殻を砕いた小袋を出した。主食にあたる稗、粟の袋は、昔インコ用に買ったことがあったが、今度は初めてのこともあるので小さい袋を選んだ。

一セット揃うと、鳥は紙でできた四角い箱に入れてもらった。籠は空だが金属でできているからなかなか重い。店を出て百メートルほど離れた駐車場まで歩いたが、手術が全快していない右手で持つのは難儀であった。

家に着くと玄関の靴箱の上に置いた。初めはバサついていたけれども、二、三日すると落ち着いてきた。鳥の方だけでなく、自分の方も慣れないことをしたので少し緊張していたのか、なにやら平常心に戻ったような気がする。そうなると不思議に小鳥の声がよく聞こえるように思われてきたのである。

注意して聴いていると、声の音色はチェロの高音域の音に似ている。柔らかくて心の和む自分が最も好む音である。(最近はドヴォルザークのチェロ協奏曲やブラームスとベートーヴェンのチェロソナタばかり聴いているから、なおさらそのような音に聞こえたのかもしれないが)鳴き方は三種類ある。籠の中を移動するときは「クッ、クッ」と短い声で鳴く。一番多く鳴くのは「ニー、ニー」と「ビー、ビー」の音を足して二で割ったくらいの、どちらかといえばビーのほうが若干強い感じである。これではあまりに抽象的すぎて解りにくいけれども、具体的には先ほどのチェロを短く引いたときの音に似ているのである。次に、これは止まり木で落ち着いているときで、「コロコロ、ビー」である。メジロの雄が高揚した時に鳴く高鳴きのようでもあるが、メジロは長く芸術的な抑揚をもって長く続けるのに対してこちらは短く淡泊である。この三種類を外界から聞こえてくる様々な音に対応して鳴き分けるのである。

この鳥の面白いところは、他の鳥と違って外の音に非常に敏感に反応することである。それも外界の音によって鳴き方を微妙に変える。あるとき隣の屋根のてっぺんでイソヒヨドリが繁殖期に雌を呼ぶときのようにきれいな声で高鳴きをしていると、それに答えるようにビー、ビーと大きな声で鳴き返していた。また、自分が鳥に「ちょっと出てくるよ」と声をかけて外に出ようとして引き戸を開け始めると「待ってくれ」というようにビービーと畳みかけて鳴く。外から帰って庭のなかを玄関に近づくと、これまた足音を聞いて喜んだように続けて鳴く。先日は、近くの道路を救急車が走ると、「ピーポー」に合わせて、ビービーとこれ以上出ないような高い声で張り合っていた。

それにもうひとつ意外な声を聴いた。ある日、鳥に声をかけずに前を通り過ぎて玄関の戸を開けようと手をかけたとき、

「キュー」

と、まるで首でも絞められたときに出す断末魔のような奇声を発したのである。思わず振り向いて鳥を見返すと、別に変わった様子はない。なぜあんな声を出したのか。まさか鳥の前を通るときいつものように声を掛けなかったので、注意を与えるために奇声を出したのであろうか。とすると、これはもう鳥ではなく人間の感情の範疇に近いような気がする。金華鳥と人間の感性との混然一体となった世界が、我が家の玄関の狭い空間に存在しているとしか言いようがない。店主が言った「鳴き方が面白いといって一羽だけ買って帰られる方がいますよ」と言ったのはこれらのことだったのかもしれない。


この頃は夫婦だけで会話の少なかった家の中が妙に賑やかになった気がする。妻は玄関を出入りする際には、里帰りしたときの幼稚園児の孫にでも話すように声を和らげて、

「チーコ行ってくるよ」

「チーコ今帰ったよ」

と、挨拶している。

チーコというのは、以前飼っていたインコの名である。（妻は小鳥は全てチーコという名に決めているらしい。自分はまだ名を付けていない）。

すると金華鳥は、必ず「ビー、ビー」と返事をする。
小さな小鳥一羽で家の中の雰囲気が随分と変わるものだと驚いているこの頃である。
（二〇一八年）

瀬戸焼（三代・加藤春鼎）

青鷺と遊ぶ

白鷺や青鷺の姿を見るようになったのは、隣の市から住所を移した三十五年ほど前からである。

この町には平家の残党が白鷺の群れを見て源氏の旗と勘違いし、一組の男女を残して自害し果てたという悲話が残っている。町内には「平家」という姓があるし、季節に関係なく鷺が川の真ん中に立っている姿をよく見る。

私はこの町に引っ越して来るまで鷺類を見たことがなかった。白鷺や青鷺を発見すると珍しく新鮮な気持ちがしたものである。来た頃は白鷺が多かったが、最近は青鷺をよく見かけるようになった。

そんな九月も下旬の昼さがりのことであった。いつもの散歩の途上、家の近くの橋の上から上流を見下ろすと浅瀬に青鷺が一羽立っていた。その姿を確認したとき驚いた。長い嘴の真ん中あたりに四、五十センチほどの「緋鯉」を咥えていたからである。水から出た全身の赤い色が太陽に光っていた。動いていないところをみると死んでいるらしい。

この川には自然に生息している鮠とか鮒など小さい魚がいるが、ある団体が放流している鯉もいる。青鷺は泳いでいる小魚を長い嘴で咥え丸呑みするものだとばかり思っていた。ところが今日は大きくなったその鯉を咥えてじっと立っていたのである。

私はおもわず持ち合わせていたポケットの中のデジカメを取りだした。すぐに焦点を合わせて二枚撮った。これほど大きな魚を咥えて飛ぶのは不可能と思われる。私はこれから青鷺がどうするのか見届けたい気がした。そうして五分ほど見ていた。しかし動く気配はない。自分としてはカメラに納めたからそれだけでことは足りる。珍しいものを見たあまりに気分が軽くなり、その場を後にした。

川沿いの慣例なっているコースを一通り歩いた。が、格別新しい発見は見つからなかった。

家に帰って早速デジカメの先ほどの写真を確認した。二枚の中のきれいに撮れている方を選択するとプリンターで印刷した。素人ながらうまく撮れている。

写真を見ながら考えた。青鷺はこの大きな魚をどうするつもりだったのだろう。飲み込むにしては大きすぎて喉を通過することはできそうにない。突いて小刻みにして食べるのだろうか。いやそうではあるまい。おそらく鵜が鮎を捕まえるように、小魚を頭から飲み込むはずだ。では咥えている緋鯉は何のためなのか。しばらく写真を何度も見返しながら勝手な空想を試みた。

その結果次のような結論に達した。この青鷺はユーモアが理解できるのだ。いつも近くを通る私の姿を知っていて、今度会ったらこんな芸もできるのだと見せてやろうとしていたのだ。いやまさかそんなことはないだろう。あるはずがない。と否定しながら、いやいやおそらくそうにちがいない、これは発見した者だけが想像できる特権のようなものだと、一人で納得し、うれしくなった。

しかしこれほど毎日のように青鷺の姿はよく見るのに、今まで鳴き声を聞いた記憶がない。長い間気になっていたのだが、近頃ようやく声を確認することができた。

その日は日中に用事があって、夕方暗くなり始めたころに散歩に出た。三十分ほど歩き、あと百メートルもすれば家に着くと思うころ、突然頭上で大きい奇妙な音がした。「ギャ」という濁りのある短く鋭い音だった。びっくりして上を仰ぐと、二羽の青鷺の真っ黒な影が西に向かってゆるやかに羽を動かして遠ざかっていた。先ほどの奇妙な音が青鷺の声なのだと初めて理解したのはこのときである。あの音なら暗くなった頃に何度か聞いたことがある。単発なので何の音か分からないままだったがようやくその正体がわかった。お世辞にも鳥としてはきれいな声とはいえない。鳥の声に品格があるとすれば「下」の部類である。およそ青鷺の立ち居振る舞いとはかけ離れた声であった。

さらにこの鳥は不思議な行動をとる。いつまでも水の中にじっと立っているのである。そのまま眼を閉じているだけなのか、それとも水の中の魚の動きをうかがっているのか検討がつかない。特に雪がちらつく真冬のころは、まるで寒さなど超越した仙人の風貌で、人間に無言で何かを語っているようにも感じる。映像でしか見たことがないけれどもどこか鶴に似ている。でもあまり動かないところが似て非なるものであろうか。

青鷺とは別なことになるが、つい先日のこと、一年半ぶりに東京へ孫たちの顔を見に行った。そのついでにJR東京駅で乗り継ぎをし、上野の国立西洋美術館まで足を運んだ。駅構内は相も変わらず人の波である。各人が自分の意思でいるにも係わらず、何者かに操られているような無機質な雰囲気が不気味であった。最初に歩いた五十年前と変わっているのは、長いエスカレーターができたのと、外国人の数が多くなったくらいだ。

雑踏のなかにいると「都会人になってはいけません。田舎者でなくてはいけません」と弟への手紙に書いたゴッホの言葉が甦ってきた。二十代のころゴッホに傾倒していたとき読んだ書簡集のなかの一節である。以来私の生き方の立ち位置になっている。

あまり神経質になることではないが、田舎にいても心は都会人になっている人が多い。昔と違って都会も田舎もそれほどの格差は感じられない。要は心の様相である。かく言う私もいつまで田舎者でいることができるのかわからない。私にできることは、毎日の散歩のかたわら、青鷺と無言の会話を交わしながら、もう一人の自分をみつめているくらいである。

（二〇一八年）

胆嚢

熱帯夜の続く七月下旬のことである。この数日腹部が張って食欲がない。かといって全く食べることができないという状態ではない。食べる気が起きないだけで食べ始めるとなんとか完食できる。だがこの経験は初めてである。七週毎に心臓の定期検診があるからその時に診てもらうことにして、当分どのように変化するのか様子をみることにした。

当日になった。通常の検診が済んだので腹部の変化について告げた。すると医師は、

「エコーとCTを撮って見ましょう」

とのことである。(実は昨年の腹部のCT検査のとき、「胆嚢」の中に一センチほどの「胆石」が見つかっていたのだが、何事もないのでそのままにしていたのである。)

CT室の前で椅子に掛けて待っていると大きな声で名前を呼ばれた。CT撮影はこれで二度目である。大きな輪の中を身体全体がゆっくりと往来する。MRI検査器に似ているがすぐに検査ができるので使用回数が多い。

何の検査でも「検査」という言葉を聞いただけで微妙に緊張感が全身を走るものだが、今回はそれがない。いわゆるCT検査慣れである。

CTは立体的写真である。MRIは一度腰痛のとき経験したことがある。より正確な写真が欲しいときに使うらしい。そのおかげで五十年間原因不明とされていた腰痛に小さなヘルニアが見つかった。準備をするのにやや面倒なきらいがある。それに比べるとCTは簡単である。義歯など金属製のものはやはり外すことは同じだが時間が早く終わる。

心エコーは心房細動の検査で一年に一度は必ず実施しているが、胆囊のエコーは初めてである。暗室で何やら聴診器のようなものを胸に押しつけて「大きく息を吸って、はいそこで止めて」を繰り返す。若い女性の検査技師が脇を密着させてあちこちを押さえる。体温が伝わってくる。横になって後ろ向きだからよく分からないが、男性の技師が途中から立ち会っている感じがした。とても長く感じたが十五分くらいだったろうか。

「はい、終わりました」

女性技士は暗幕をさっと開けた。

再び内科の受付へ処置済みの書類を持って行く。通常だとあらかじめ検査室の予約をしておくのだが、当日の途中から検査をしたものだから、検査結果の判断はしばらく待たねばならない。内科の待合室にはまだ十人あまりの患者が蹲っていた。

やがて看護師に自分の名前を呼ばれた。先ほどの診察室に入る。医師はCTとエコーのモニターを注意深く見つめている。CTの左右上下から撮った胆嚢を見つめながら、

「無い。あれ、胆石が見つからない」

と声を出しながら探していたが、

「あ、これかな」

と、ようやく胆石の所在を発見したらしい。素人の自分には何も分からない。

医師はすぐにエコーの画面を並べて見つめだした。医師の指すヶ所を見るとたしかに丸いような物の一部分が見える。どうやら胆嚢の出入口の「導管」に胆石が入りかけて止まっているらしい。

医師は、即座に、

「こうなると外科ですね。外科に診てもらいましょう」

すぐに外科受診についてあれこれと看護師に指示をした。

自分は判然としないまま書類を持って外科の受付に行った。ところが誰もいない。痛みがないからしばらくじっと立って待っていた。

今までに整形外科にはお世話になったことがあるけれども、外科は初めてである。今日は内

科の定期検診日で血液検査があるというから朝食をせずに来ている。院内に入ったのは八時半であったが今は十二時を過ぎている。これから外科の診察である。最近は空腹感がないので、今も昼食をしたいという欲求は起きていない。が、さすがに集中力が薄れてきている。

やがて受付の奥の方から女性の看護師が出てきた。簡単に今までの経過を話して持っていた書類を渡した。ここでも待合室には患者がまだ数人残っている。途中からなので待っている人が済むまで自分の番は来ない。待合室用に持って来たワイド版の岩波文庫の続きを読むことにして、ページを開けた。

しばらくして名前を呼ばれた。診察室に入って椅子に腰掛けると、離れた場所にいた若い担当医が足早に自分の前にきて自己紹介をした。こんな礼儀正しい医師は初めてである。改めて今までの経緯を話した。医師はすぐに机上のモニターで内科のデータを見始めた。一通り診終わるとこちらに向いて、

「外科としてのデータが欲しいので、これからレントゲン、CT、エコー、採血をしてもらいます。」

と言った。

外科の立場からすればデータに不足があるらしいが、こちらからすれば、最初から検査のや

り直しである。二度目だから心理的負担はない。とは言っても同じ器械で同じ検査だから内心うんざりしている。それでもしかたがないからまた検査室に逆戻りした。全く同じ検査であるが、少し違っているのは、エコーのときに、ベッドの横に立って頭を腰のあたりまでさげ、胆嚢が逆さになるようにして映像を撮っていた。あとで医師からの説明によると、

「逆さにして胆石の位置を動かしてみたが動かない。胆石がやはり胆嚢の出入口にあたる導管のなかで止まっていると思われます。こうなると処置が面倒です。手術をすることをお勧めします。ですが、胆嚢の状態が正確にどうなっているのかは中を開けて見なければわかりません。写真の状態では胆嚢を摘出することになると思います。お腹の此処からカメラを入れます。そして此処と此処の二ヶ所から処置用の道具を入れ、炭酸ガスをいれて中に空洞を作ります。それからそれぞれの処置をします。もし、カメラによる手術ができない場合は、この二ヶ所の穴の間を切って切開手術をすることになります。いずれにしても中を見てからの判断になります」

医師は腰掛けて胸を出している自分の肌に触れながら、メスを入れる位置を教えた。器具を入れるだけの数センチの傷になるらしい。

医師はもう手術をすることに決めている雰囲気である。

最後に、

「手術の日程は他の科との関係がありますので、協議をして後日電話で連絡致します」

しかもすぐに手術をしなければならないような口ぶりである。

「一応家に帰って考えてみます」

と言ったら、医師は、

「いや、早いほうがいいです」

と、言う。どうも現在の症状に納得しかねているようであった。通常だと、胆石が動いて導管に入るときに七転八倒するほどの激痛が起きるらしいが、その痛みがない。痛みがないことが気になるのかもしれなかった。こちらは手術のことなど少しも念頭になかったものだから、あまりの急な展開に頭が追いついていけない。

医師の話が終わると看護師は、

「これから入院の手続きをしてもらいに、総合案内に行っていただきます」

と言いながら、自分に診察カードと書類を渡して、その場所を教えた。

入院となれば自分としても気持ちの切り替えが必要になる。家に帰って一呼吸置きたかったのだがしかたがない。手術となると病院側の都合があるのだろう。判然としない状態で看護師の言われるままに一階に降りた。

総合案内がどこにあるのかぐらいは知っていた。が、まさかそこへこれから自分が入院手続きをしに行かねばならないとは考えてもみなかった。

「嫌だなあ、切腹か」

と独り言を言いながら、それでも頭の中とは無関係に足だけがかってに総合案内に向かって動いているようだった。

「腹を切ってでも長生きしたいとは思わない」などと家族に人生を達観したようなことを公言していた自分の考えが、実にひ弱なその場限りの空虚な言葉であったような気がした。

何時死んでも悔いはない。『見るべきほどのものは見つ』と壇ノ浦の海に身を沈めた平知盛のようなことを口癖に言っているが、いざ「手術をします」と言われれば、

「いや、腹は切りたくないです」

と医師に拒否するだけの言葉が出てこない。なんだ結局死ぬのが嫌なのだ。そもそも病院に行くことそのものが死からの逃避ではないか。「助けてくれ」と、うろうろしているようなものだ。実に情けない。が、反面、病院廃止論を支持するほどの剛毅な心身を持ち合わせてはいない。ただ自己の存在の仕方がもう少し明確に表明できなかったのか心残りなのであった。

係の事務員は、「入院案内」と印刷した薄い冊子を自分の前に置いて、こちらに視線を向けることもなく、まるで朗読しているような無機質的な言葉で淡々と説明するのであった。

少しまどろこしさを覚えたが一応終わった。係から冊子を受け取って席を立った。後は手術

の日が決まった旨の電話連絡を待つだけである。

数日後病院から電話がかかってきた。

「○○ ××さんでしょうか」

「いえ、○○△△です」

姓は合っているが名のほうが違っている。今までに何度間違われたことだろう。最近病院で患者の取り違えが問題になったこともあり、必ず本人であるかを確認することになっている。本人と受付をした者の間で氏名の確認のためにそれぞれが声を出して確認をするのであるが、自分の場合は以前から間違われていた。どうして間違われるのか嘗て真剣に考えたことがある。自分の氏名は特に難しい漢字ではない。読み間違うことはないはずである。ところがよく間違う。どこがどう間違うのか。それは名前を逆に読むのである。それはなぜか。どうも姓と名前を続けて読むのが難しいらしいのである。

この病院では定時になると、院内放送で、「患者様にお願い致します。…」といって、担当科が異なる毎に本人確認のため名前をフルネームで言うことを伝えている。にも関わらず自分の氏名はよく間違われるのである。

今日の電話がまさにそのよい例で、まず電話交換師が間違って掛けてくる。そこでこちらが訂正を要求する。すると交換師は謝るどころか「担当者からそう聞いていました」と自信ありげに発言を正当化する。話しながら担当の係に繋ぐ。係の者はなるほど交換手が言ったとおり同じように間違った名前を言う。こちらが指摘するとさすがに「すみません」と間違いを認めたが、やはり指摘するまで分からないのである。間違いを認めてくれれば気持ちは落ち着くのだが、なかなかそうはいかないのが人間相互の感情の複雑なところである。

その電話は、外科からのもので、手術日が決まったから七月二十九日に入院をして、翌日手術するというものであった。

「その日は日曜日になるので正面は閉まっていますから守衛室に来て下さい。分かるように連絡してあります」

と丁寧に付け足した。

局部麻酔は注射で行うから麻酔が効いてくるのが分かるけれども、全身麻酔は点滴のなかに混入するからそのタイミングが全く分からない。麻酔薬と毒薬を混入すれば眠りながら死ぬことができるからこれほど気持ちのよい死に方はないだろうと余計なことを考えてしまう。だから、気がついた時には手術は終わっているのであった。

「手術は成功しました」

と医師から言われたが格別な感情は起きなかった。今回の手術は完全に医師を信頼していた。医師と患者の関係とは元来そのようなものだろう。

朝の四時五十分までは記憶にあるがそこから先は何も覚えていない。気が付いたときは別の部屋にいた。点滴の中に睡眠薬を投与されたのか自然と熟睡できたのか判然としない。二、三時間意識が無くなっていたことは事実である。熟睡できたのだろう。苦痛は軽減されているが腹部にまだ力がはいらない。

「個室にされますか」

と看護師が返事を求めたので、

「ええ、お願いします」

と答えた。

入院案内を読んだところでは、個室といっても特別室ではない部屋がある。個室は保険適用除外だから経費は個人負担になる。手術に成功したということだから、入院期間は一週間程度らしい。任意保険の入院費を差し引いても差額は弁済可能な範囲の額である。

入院したときは四人部屋だった。当然他人ばかりである。中には夜中に強烈なイビキをかく者もある。以前、別の病院で左肘部管症候群の手術で入院したときそれに出会って弱った記憶がある。真夜中にすさまじい音が部屋中に響く。一度眼を覚ますとなかなか寝付けない。今回は手術時間も二時間ほどかかっているし、精神的にもかなり参っている。できることなら個室にしたい。

車椅子で移動する。当然点滴をしながらである。三階の一番端の部屋であった。南と西に窓が開かれている。広さも十分である。

看護師によると今日の午後から徒歩の練習をしなければならないという。その理由は看護師によって若干説明が異なる。

ある看護師は、早く歩く練習をしなければ歩く事ができなくのだという。またある看護師は、早く歩かないと歩くのが嫌になるのだという。何を根拠にそのように異なるのかは不明である。どうも科学的根拠ではなく人間の心情的判断に近いようである。

看護学という学問が存在しているくらいだから相当奥の深い職業なのだろう。看護師の資格を得るためには国家試験に合格しなければならない。法律は「保健師助産師看護師法」というらしい。必要な技術はもちろんだが看護の理念もある。

患者は弱い立場にある。だからよけいに看護師の言動に敏感になる。これはしかたのないことだ。かつて正岡子規は長い闘病生活のなかで「病床六尺」という随筆を書いた。看病したのは周知のとおり妹「律」であった。当時はまだ看護師制度は完備していなかった。子規は将来の看護制度を見据えていたのか「看護」について持論を述べている。初めて読んだときはまだ二十代の頃だったが感動したものである。最近まで医療界の重鎮として尊敬されていた「日野原重明」氏が子規のこの記述のことを看護の原点である旨を新聞に投稿されておられた。理念だけでは仕事はできないが、理念が無くなれば形骸だけが残り資格という言葉だけが一人歩きする。

なぜ早く歩き始めなければならないのか、ということに各人が異なる意見をさりげなく語るようになると患者は困惑する。細かに説明を求めたい気がしないでもなかったが、声をだすのさえ億劫である。いずれにしても痛みを我慢して歩きさえすればよいのだ。病院に身を委ねているのだから、素人の余分な考えは捨てて、看護師の言うままになっているのが得策だろう。

午後の食事はお粥と若干のおかずである。胃、腸共に完全に空である。初めて胃の中に固形物が流入するのだから飲み込むのさえ時間をかけざるをえない。

なんとか食事は体内に収まった。しかし体内の消化作用のリズムは狂っている。肝臓から出た胆汁は胆嚢に入り、胃に物が入ると、胆嚢に蓄えられていた消化液である胆汁が、収縮した胆嚢から小腸に流れる仕組みになっているらしい。無意識にすごしていた胆嚢の役割が改めて認識されて、自然界の精密な構造に驚嘆する。その胆嚢が摘出されているので直接肝臓から常時垂れ流しになっている。それでも生きてゆくことは可能なのだ。

一休みして腹部を右手で押さえ、左手で点滴を吊した車のついた台を支えにして、ベッドから降りようと試みるけれども身体を前に曲げることができない。しばらく考えていたところ電動ベッドであることが分かった。スイッチを押して頭の方を上げると少しの力で上履きの上に足を降ろすことができた。ゆっくりと立ち上がる。腹部を強く押さえ、一歩を前に出す。一番初歩的な行為ができることが分かったので、部屋のドアの所まで行って引き返すとまた静かに横になった。

腹部は三ヶ所穴が開いている。臍に穴を開けているのでまだ咳やクシャミをすれば身体全体が飛び上がるように痛む。


少しずつ歩く距離を伸ばしながら数日経ったとき、一人の看護師が自分のベッドの上に置いている本に眼を止めた。入院中に、読みかけの本を片付けようと思って岩波文庫の「ワイド版」を二冊持って来ていた。上下の二冊になっている。とても難解な本だが、ワイド版には読者のためを思って漢字にふりがながつけてある。若い頃に読んだときには理解できなかった部分が随分と楽に読める。それでもなかなか前に進まないのである。

この看護師がこの部屋に来るのは初めてではないようだ。というのは、看護師は全員マスクをしているので顔が判別しにくい。

彼女は血圧を計りにきたのである。血圧の数値は問題ないらしい。一息つくと、

「本が何冊も置いてありますが、何の本ですか」

と声をかけた。患者と会話をするのも看護のひとつなのだろう。腹に力が入らないから極力言葉を使わないように心がけていたのだが、本のことになったのでつい誘われるように返事をした。趣味のことになると止まらないのが悪い癖である。やはり腹に響く。

「アンデルセンの本です」

「アンデルセンと言ったら童話で有名な人でしょ。この本も童話ですか」

「いや普通の小説ですよ」

「え？　アンデルセンは普通の小説も書いているんですか」

簡単に終わりそうにない。

「ええ。アンデルセンはデンマークの人でしょ。彼は若い頃イタリアに旅行をしたのです。その時の経験を基にして小説を書いたのです。彼の作品では一番初めに書いたらしいです。一時はヨーロッパで流行したらしいですが、現在では余り顧みられないようです」

「はあ、そうですか。初めて知りました。何という題ですか」

「即興詩人です」

「即興詩人ですか。聴いたことがないですね」

看護師に見て欲しいからわざと表に置いていたわけではない。読んでいる途中に急に入ってきたのである。

「アンデルセンと言えば童話ですからな。この小説はその後に日本で有名になったのです。というのは、森鴎外の翻訳が素晴らしいからのようです」

「森鴎外といったら昔の人でしょ」

「明治二十年代にこの翻訳が発表されたというから、ずっと昔ですな」

「学校の教科書にでてくる、あの森鴎外」

「そうです。あの森鴎外です。とにかくこの本は難解です。もちろん注釈が付いていますが、それでも分かり難い。どうも入院中には読み終わりそうにないです」

「そうですか。アンデルセンですか」

と、独り言のように小さな声で言った。

ようやく仕事が終わったらしい。出ていく雰囲気である。

彼女は眼が大きく、言葉の受け答えからして聡明そうな感じを受けた。顔の輪郭は前述のごとくわからない。彼女だけではない。看護師はみなマスクをしているから同じように見えてしまう。外で出会っても恐らく気づくことはないだろう。

胆嚢の摘出手術を受けた患者が、病室で森鴎外の翻訳本を読んでいる。彼は明治時代の軍医だった。当時の医学が既に内科と外科に分かれていたのかは素人の自分には解らない。医学が細分化されてきたのはおそらく現代になってからではなかろうか。最近では大きな病院になると、内科といっても循環器系や消化器系などと専門化されている場合が多い。森鴎外が胆嚢摘出の手術をしたかどうかは不明だが、そんなことはどうでもよいことだ。

ただここで本を読んでいる間は手術をした身体であることを忘れることができた。それだけで本を持ち込んだ価値は十分にあったのである。

部屋を出て廊下を歩いた。外は猛暑日が続いているらしい。豊岡市の「明石焼」の窯元を訪ねた八年前の残暑は厳しかった。未だに忘れられない。今年はどうなるのだろう。退院しても、再び窯元巡りができるようになるにはかなりの日数がかかりそうである。

（二〇一八年）

木版画

その日の愛媛県美術館のチケット売り場には、台風が近づいているためか誰もいなかった。この様子だと会場の中には誰もいないだろうと思いながら入り口を通った。するとそうではなくて、既に入場者が数人真剣な表情で壁に掛けた額の方を見つめているのである。絵の性質上照明を若干落としてあるので、場内が外よりやや暗い。眼が慣れるまでに少し時間がかかった。

パンフレットには、「平木コレクションは、特定の時期や絵師に偏ることなく、浮世絵の歴史を体系的に通観できるよう形成されているのが特徴です。本展は六、〇〇〇点に及ぶコレクションの中から、重要文化財・重要美術品のみ計一四五点を厳選するというかつてない贅沢な内容です」と出ていた。今までにも何度かこの美術館で浮世絵展を観たけれども、これほどの内容ではなかった。

はじめに鳥居清忠の『浮絵劇場図』が一際目立った。当時の劇場の内部が細かく描かれている。

正面の舞台は能舞台を思わせる屋根が付いている。左右の柱には演しものの演目が書かれている。枡席に座っている観客の間を、左手で料理を入れた四段のお重を捧げ、右手で徳利を三本紐でぶら下げた男が、花道から出たばかりの役者を立ったまま振り返って見ている。深編み笠を被ったままの男、大刀を抱いている男の横には脇差しを挿したままの若い男、杯を持った町人風の男がいれば餅のようなものを食べている女もいる。左の桟敷席には坊主の二人連れがいる。右の桟敷席には帽子を被ったご隠居らしき男、その横の席には若い美人が二人いる。

劇場といっても現在の客席の雰囲気とは随分違っている。和やかで実にリラックスした自由な観客風景だ。弁当を食べ酒を飲みながらの観劇は、民衆の中から育った歌舞伎ならではのものだったのだろう。

浮世絵版画は歌舞伎とともにあったらしい。そもそも浮世絵版画は歌舞伎役者のプロマイド的なものだったという。演目や出演している役者をより多くの町民に知らせるには、大量に発行しなければならない。版画なら同じ絵や文字を大量に印刷できる。そこで版元は一流の絵師、彫師、摺師を探すことになるのは必然である。

途中、一枚の絵の前で思わず足が止まった。鈴木春信の「鷺娘」である。雪の中に傘を差した娘が出る歌舞伎の題材をモチーフにしたものだというが、描かれているのは舞台上ではない。屋根や垣、それに娘の足元にも雪が積もり、前には川が流れている。娘は傘をさして黒い色の高下駄を履いている。周囲は厚い雪化粧なのである。眼を近づけてよく見ると、その雪が丸みを帯びてまるで油絵の具を塗り重ねたように立体的である。無意識に指が動いて確かめてみたくなったが、以前、あまり夢中になり近づきすぎて、置いてあるポールを蹴落として監視員に注意されたのを思い出し、思わず指を止めた。どうしてこのような立体的に印刷ができるのか不思議でならなかった。後で解説書を読んでみると版木の凹凸の加減で可能なのだと書いてあった。彫師と摺師の超高度な技術である。

それにこの鷺娘は、日本舞踊でも独立した演目として踊られている。若い頃、市民会館で舞台照明係として仕事をしていたとき、当時の市内には、花柳流、坂東流、藤間流の師匠さんが社中の発表会を交互に毎年開催していた。どの流派だったか忘れてしまったが、この鷺娘を踊ることになって、照明について説明をされたことがあった。

自分は日本舞踊についてはなにも知らなかった。そこで参考になる本を探したところ、創思社から「日本舞踊曲集覧」という本が出版されていることを知り注文することにした。手元に届いた本を見てその本の厚さに驚いた。四、五センチほどの分厚い本だった。内容は「長唄」、「清元」、「小唄」その他日本舞踊の演目などの歌詞がびっしりと載っていた。その長唄の中に鷺娘があった。

そのときの鷺娘の衣装はこの浮世絵と同じ白鷺のイメージだったと記憶している。いかに

『白』を引き出すか苦労したものである。

それにしても江戸時代の木版画の技術のレベルは世界的にも優れていたにちがいない。一八六七年のパリ博覧会に日本からは他の工芸品とともに浮世絵が出品された。そのときパリで活動していた印象派の画家たちは、その絵の構図や明るさに驚いた。中には日本に行きたいと思う者もいたらしい。ゴッホは日本の明るい光を求めて南仏のアルルの地に移住した。彼の絵の中には、浮世絵が模写されているものが数点ある。モネは模写だけに終わらず、自宅の庭に日本様式の池を造り睡蓮を浮かばせた。そして有名な睡蓮の連作を二〇〇点以上も描き続けたという。

次ぎに鳥居清長『隅田川渡船』に眼が止まった。今まで見て来た美人画の構図は、ほんどが斜め横で顔の表情は分かった。ところがこの絵は、右の女は斜め後ろ向きに腰掛けている。だから顔の表情はわからないが、少しうつむいている様子から、視線が近くに浮いている水鳥の方らしいと感じられる。しかも二人の女が三角形なっている。時代は逆であるがセザンヌの絵に似た構図になっている。

喜多川歌麿の『山姥と金太郎』は何度見ても美しいし、すごみが感じられる。

以前にもこの会場で葛飾北斎や歌川広重の版画を見たことがある。これほど大勢の画家たちとの比較ができなかったので気が付かなかったけれども、髪の毛の生え際や頬の線のなめらかさなどは、とても木版画とは思えない。彫師の超絶技巧であろう。

歌川広重の作品は「重要文化財」のものが数点あった。版画の場合は同じものが多数あるので、文化財の指定が難しいらしい。

『東海道五拾三次』は、数年前、南予の県立歴史博物館でアメリカからの里帰り展があった。皮肉なことだが日本ではなくアメリカで保存されていた保永堂版が最も優れているらしいというので全五十五点を観に行った。そのとき四十六番目の「庄野（白雨）」が摺りあがる行程をケースの中に展示してあった。この作品は「五十三次」の中でも最高傑作と評されているものであるが、今日もその時と全く同じ方法で展示してある。版木を数えてみると十五枚あった。その数だけ色ごとに摺り重ねていることになる。一枚の浮世絵ができあがるまでに彫師と摺師は膨大な労力を注いでいるのだ。

現代の芸術は個性を尊重するから、浮世絵のような専門職の共同作業は、一部の伝統工芸を除くと消滅してしまったようである。

郷土出身の世界的な木版画家に「畦地梅太郎」がいる。出身地の宇和島市三間町にある記念館に行ったとき、「浅間山」という一枚の版画ができあがるまでに七回刷り重ねていた。彼の絵は歌川広重とは違って大らかな筆使いだから刷り重ねの回数が少ないけれども方法は似ている。原画から版木に写す作業が、浮世絵版画は裏面にして貼り付けるのに対して、彼の場合は原画をカーボン紙で別の紙に写しそれを版木に貼り付けていた。

いずれにしろ原画の色の数だけ版木を彫り、一枚の紙に刷り重ねていくのだから緻密な作業の繰り返しである。が、それを一人でやるところが浮世絵とは異なるところだろう。

こうして浮世絵版画展に足を運ぶたびに、世界の絵画の流れに大きな影響を与えた日本の木版画芸術がかつて存在していたことを誇りに思わずにはいられないのである。

美術館を出ると早くも小雨が降り出していた。今後の台風の進路が気にかかっていた。


（二〇一五年）

薩摩焼（新妻　守）

羊羹

十二月下旬に東京の身内から「とらや」の羊羹が届いた。おせち料理の準備の買い出しに励んでいた妻は大喜びである。羊羹は田舎の和菓子店でも作っているからすぐに手に入るけれども、この羊羹は製法によるのか味と色が微妙に異なる。地元の羊羹はほとんど単色だ。ところが今度届いた羊羹は緑、赤、黄と三色である。まるで東雲の風景を見ながら口内に入れるような雰囲気で贅沢極まりない。同じとらやの羊羹でも今までは単色ばかりだったので三色とは珍しい。味見はおせち料理までお預けにして、あまりの美しさにしばらく見とれていた。

すると羊羹を出されてその美しさに魅せられ、日本の菓子と西洋の菓子を比較しながら、羊羹の素晴らしさを力説する画家のことを思い出した。と言っても小説のなかの無名の画家である。その画家は、夏目漱石の「草枕」に出て来る。

夕方、旅の目的地である温泉宿に着いたその翌日、部屋まで持ってきてくれた青磁の器に並べられている羊羹を見て、その美しさを評する場面である。記憶に曖昧なところがあるので読み返してみた。
「御退屈だろうと思って、御茶を入れにきました」
「ありがとう」また有難うが出た。菓子皿のなかを見ると、立派な羊羹が並んでいる。余は凡ての菓子のうちで尤も羊羹が好きだ。別段食いたくはないが、あの肌合いが滑らかに、緻密に、しかも半透明に光線を受ける具合は、どう見ても一個の美術品だ。ことに青みを帯びた練りあげ方は、玉と蝋石の雑種のようで、甚だ見ても心持ちがいい。のみならず青磁の皿に盛られた青い練り羊羹は、青磁のなかから今生まれたようにつやつやして、思わず手を出して撫でてみたくなる。西洋の菓子で、これほど快感を与えるものは一つもない。クリームの色はちょっと柔らかだが、少し重苦しい。ジェリは、一目宝石のように見えるが、ぶるぶるふるえて、羊羹ほどの重味がない。白砂糖と牛乳で五重塔を作るに至っては、言語道断の沙汰である。

これだけ褒められれば羊羹は幸せだろう。追加する文章はとても才能のない自分には書けない。

漱石は若い頃一時イギリスに留学していたから、西洋の菓子に及ぶ評論はそのころに感じていたものと思われる。モデルになった宿で出て来る羊羹が何処で作られたものかは判然としないが、文面からは日本の羊羹一般を指しているようにも思える。おそらく単色だろう。しかし単色であっても光の当たり具合で複雑な表情を見せるのが羊羹の特徴である。

とらやの羊羹は材料が極めてシンプルである。製品にもよるが単色系になるとあずきと砂糖だけである。どのようにして製造されるのか興味深いところだが、防腐剤無しで賞味期限が半年近くあるのだ。

最近の出回っている和菓子にはおびただしい数の材料が混入されている。ある菓子店の材料を数えてみたら十九種類あった。そのなかのカタカナ文字のものは何のために入れられているのかわからない。食べてみるとたしかに美味しい。しかしそのおいしさは、初めて口のなかで噛んだときのおいしさであって、舌の上に長らく置いていると少しずつ初めに感じた美味しさが消えてゆくような気がする。

賞味期限は十日近くあるのもある。時折買いに行く「道の駅」の売店で売られている野菜などは新鮮で安価だが、饅頭や餅などは専門店の物ではなく自家製のものが多い。それでも材料にはカタカナ文字のものがある。

私はアレルギー性鼻炎になっている。花粉症が代表的な症例であるが、自分の鼻炎は寒くなると発症する。夏の冷房でも反応する。冬の間は常にマスクが必要だ。杉の花粉症がとやかく言われだして久しい。子どものころは、花粉が飛び散る頃になると小さな杉玉ができているので、友達と切り出しナイフで細い竹を切って「杉玉鉄砲」を作り、この玉を筒に詰めて撃ち合いごっこをしたものだ。だから杉の花粉は浴びるほど吸い込んだ。それでも何ともなかった。それが今では天気予報のなかに杉花粉飛散情報まで流している。花粉症には杉だけではないらしいけれども、はたして何が原因なのだろう。空気が汚染されているのか、人間の体質が虚弱になったのか。まさか食べ物のなかに企業の論理で余分な添加物が混入されているのではないか、などと変な憶測をしたくなるこの頃である。

ともあれ正月になった。おせち料理の数種類の煮物とともに、送られてきた羊羹が隅の方に控えめに鎮座していた。一切れを箸でつまんで、虹のような色合いの変化をゆっくりと眺めて、口のなかに入れた。味も甘さが控えめで口の中でとろけるようだ。草枕の中の画家になったような気分であった。

（二〇一八年）

志野焼の湯のみ

ある日の朝のことであった。

毎日使っている鼠志野の湯呑みの口縁の一ヶ所に傷ができているのを見つけた。原因を一通り考えたみたが思いだせない。そこで夕食後から寝るまでの行動を逐一点検しているとようやく心当たりができた。昨日の夕食後に薬を飲み、その後に水洗いをして、水切りのため左の方に少し動かした。そのとき水道の蛇口に当たったような気がしたが、どうもそのときらしい。そのとき注意をしていればすぐに見つけられたはずである。

修理をして使うかそれとも捨てるかであるが、もう一度よく見ると、傷口は当たった部分のみが凹んでいるだけである。この程度ならまだ使えそうだ。

自分の部屋の座卓の引き出しにサンドペーパーが入ってたのを思い出したので、それで傷口だけを摺り取ってみた。ペーパーで擦るとき傷の尖った部分だけを取るのに角度の加減が難しかったが、できあがって指で触ってみると滑らかになっている。傷口も目立たない。最初に思ったとおり十分使える。

外見はヘラで面取りをしてあるからデコボコが多いのでこのくらいの傷は気にすることはない。

磁器だとこんな傷にはならずに割れてしまうところだが、陶器でもこの鼠志野は厚みが五ミリほどあり形がずんぐりしている。しかも傷の部分は外側でも最も目立たない所なので、模様の一部だと思えばそれですむのである。

湯呑みとコーヒー碗は毎日使うので今までに随分と壊した。壊さないように丁寧に使っているつもりでも、その日の気分によって握り方が違う。記憶にある湯呑みだけでも砥部焼の青白磁、笠間焼の個人作家のもの、備前焼の大振りなものなどがある。コーヒー碗になるとまだ多い。

「形あるものは必ず壊れる」というのは、割れたときの慰めにすぎない。都合のよい自己弁護か他人への思いやりの論理であって、焼き物はそのままでは壊れることはないのである。だが、存在していたものが無くなったときに、初めてその存在の真価が分かるのは、何も焼き物だけとは限らないようだ。影響を受けた師が亡くなった時初めてその存在の大きさを自覚する。

戦国時代の武将の合戦に対する報償には茶器などがあったらしいが、それらになると命と同等の価値があるものもあったという。

絵志野の茶碗で国宝の「卯の花垣」は、三井記念美術館に所蔵されているというので観に行ったところ、その日は金襴手の特別展があり、観ることができなくて残念な思いをしたことがある。

ある時、富山県に用事があったついでに、石川県立美術館にある国宝の野々村仁清作「雉香炉」を観た。そのときこれを壊したとすれば、どれほどの代償が伴うのか考えたらぞっとしたものである。また、先年新潟県沖地震の際に博物館に保管してあった「縄文時代の国宝『火焔式土器』」が展示室から落下して壊れた。そのときの担当者の心境を聞いてみたいと思ったものである。形ある物が壊れたとき、初めてそのものの価値に気が付くものだ。

この『火炎式土器』は、後日愛媛県美術館で、日本中から発掘された土器の巡回展があった折りに、レプリカを観ることができた。縄文時代の人は自然に何者かの存在を感じていて、その何者かに向かってあのような大きな土器を造ったのであろうか。形や模様は極めて独創的でしかも美しいのであった。

比較するのも陳腐だが、我が家にある鼠志野の湯呑みが一個割れたといっても困るものは自分だけである。ただこれを手に入れたときの記憶が甦ってくるくらいである。

時は遡るが、美濃焼の里を訪ねようと思い立ったのは梅雨あがりの暑い盛りの頃だった。中部空港から私鉄とＪＲを乗り継いでＪＲ土岐駅に着いた。ＪＲだと手持ちの時刻表で前もって乗り換えの時刻を調べることができるのだが、そのときは降りる駅名だけを調べているたけである。駅に着いて宿泊場所を探さねばならない。駅員さんにお願いして近くのホテルを探してもらった。そのとき、数十年前にも同じような場面があったことを思い出したのである。

あれは「大阪万国博覧会」のあったとき、万博を見た帰りに「西芳寺」を訪ねようとして京都駅に降りたのであった。駅の案内所でその夜の宿泊所を探してもらったが何処にもない。京都は日本屈指の観光地だから自分の考えていることは他人も考えているのが当たり前で、世界中から人が集まるのだから、宿泊先を予約して京都にきているはずである。それに対して自分は東京で用事を済まして新幹線で大阪の万博に行った。新幹線も自由席だから満席だった。通路に新聞紙を敷いて座っていた。

万博会場は足下が見えないくらいの群衆である。自分の意思で前に進むというより流される感じであった。そこから抜け出してぶらりと京都駅におりたのだから無知も甚だしい。いろいろと探していた駅の係員から、

「お寺でよかったら広間が一つだけ空いている所がありますがどうですか」

と訊かれた。

気候も良かった頃なので、

「じゃ、そこをお願いします」

と答えた。広間だから見知らぬ人と雑魚寝である。何処でも夜露さえしのげればそれでよかったのである。

今回の場合はその当時とは半世紀ほど時期がずれている。それに状況はあの当時と全く違っている。駅の案内所ですぐに近くのホテルを探してもらった。早速ホテルに行き、申し込みを済ませてからタクシーに乗ったのであった。

目的地は「美濃陶磁歴史館」である。

急な坂道をつづら折りに上ると目的地に着いた。降りると朝から初夏の陽が頭上から自分の動きを抑圧するように照りつける。軽い目眩を覚えた。


美濃焼と簡単に言われているけれども、ここほど種類の多い焼き物がある窯場も珍しいのではなかろうか。

陶器の種類は多い。黄瀬戸、織部、この織部には黒織部と織部黒がある。それに志野焼がある。志野焼には、絵志野、紅志野、赤志野、鼠志野、紫志野と続く。

国宝の「卯の花垣」は安土・桃山時代に作られた絵志野である。志野焼は特に茶道に関心のある人には人気があるらしい。

昨年地域の行事があり、家族で参加してプログラムをみると茶道のグループが中学校の茶室で茶会を催していた。茶室に入ってみるとそこで使われていたのが絵志野の茶碗であった。茶に親しむ人でなくとも「志野焼」が好きだという人は多い。たっぷりと掛けられた長石釉が醸し出す白味がかった淡い独特の色合いが好まれるのだろう。

織部焼は、最近テレビアニメで有名になったらしい。これは桃山時代から江戸時代初期の大名で茶人あった「古田織部」の好みによる焼き物で、今までの型式にこだわらない自由奔放な形を好んで造らせたものである。

釉薬に「織部釉」がある。これは緑色の釉薬のことだが、一般的に緑釉のことを織部釉と呼んでいる。

織部焼は形が自由であるから従来の丸いものよりも恣意的に歪められたものが多い。「破調の美」とも言われるが、好みの問題である。健康的な美とは言い難く、自分はあまり好きではない。

受付で「美濃焼伝統産業会館」と「美濃陶磁歴史館」との共通券を買った。

「美濃桃山陶」と呼ばれる言葉がある。

「瀬戸黒」「黄瀬戸」「志野」「織部」の総称を指してこう呼ばれる。今からおよそ四百年前、京、大坂、堺などの大都市を中心に茶の湯が流行し、茶の湯の道具や会席のうつわとして美濃桃山陶が創出され愛用されたという。「美濃陶磁歴史館」には、これらの作品が、周辺の窯跡から出土されていて展示されていた。館内で実物を見ることはできたが、個々の窯跡を見に行くことはできなかった。

ただここから二分程度歩くと「織部の里公園」が整備されているというので足を運んだ。そこには「元屋敷陶器窯跡」がきれいに発掘されて、窯の中には階段状に十数段の登り窯跡があり、下から上まで木造の屋根で覆われて頂上には社風の建造物ができている。全長二四・七メートル幅二・二メートルというから、大規模な登り窯で焼成されていたのだ。古い窯跡を発掘するのは考古学の範疇かもしれないが、あまり興味のない考古学も、窯跡から美しい昔のままの織部の器が出てくれれば、発掘した人の感動が自分のことのように想像されてしばらく佇んでいた。

安土・桃山時代といえば、まだ戦国時代である。鎧兜で身を固めた武士たちが、なぜ茶の湯を好んだのかは多くの先人たちが興味をもった。いつ死なねばならない身であるかを自覚した彼らは、志野茶碗のなかの一服の茶の湯に救いを見いだしたのだろうか。たしかに焼き物でありながら土の本質を失っていないところに美濃焼の奥行きが感じられる。

どういう理由でこの地に窯場ができたのか分からない。「織部の里」は静かな場所である。

再現された登り窯の頂上に立って、屋根の中の大きな階段をしばらく見つめていた。すると名状しがたい感情が湧いてきた。やがてその感情は、古田織部という人間が生きてきた戦国時代の血なまぐさい空気、想像の中に蘇る過去の人間たちの生き様であることに気が付いた。

織田信長を初めとして、豊臣秀吉、豊臣秀頼、徳川家康、徳川秀忠と主君を変えながら生き抜いてきた古田重然（織部）という怪物のような男を思い描いていたのだ。

陶芸の世界に、茶道の常識を覆す能力を発揮したその男は、相手を見抜く洞察力に優れていた反面、茶に親しむもの静かな心をも持ち合わせていたのであろう。とすると、ここで焼かれた焼き物は、殺戮する戦に明け暮れた人間の心を、束の間でも癒やすことができたのかもしれない。いや、だからこそ戦国大名は、武器を持たずただ茶の湯だけの一商人の千利休の精神を尊敬したのであろう。

知られるとおり千利休は秀吉に切腹を命じられた。利休の世界観と秀吉の世界観とには相容れないものがあった。両雄並び立たずである。野上弥生子の小説「秀吉と利休」は、格調高い文章で二人の人間像を描いている。

ところで、古田織部は千利休の一番弟子で、利休亡き後は茶道の世界を極めた人であった。次々と主君を変えながらも、最後には豊臣家に内通したということで、二代将軍徳川秀忠に切腹を命じられた。これも利休同様何もいいわけをしなかったといわれる。

「織部の里」は、かつての古田織部を思い出す場所として、その役を静寂の中に十分に語り尽くしていると感じるのは自分だけだろうか。

近くにある「美濃焼伝統産業会館」の表示は、九枚の登板をコンクリートで横に埋め込まれていた。館内はいずれの窯場にも共通する内容の展示物が並べてある。ここでとれる土は、「もぐさ土」と呼ばれて、扱いにくいらしい。

館内を一巡すると最後に売店に入った。作家は自分で気にいった作品は手元に置きたがるから、売店にあるのは一般的な物ばかりである。

以前、東京の新宿駅の近くにある民芸品店「備後屋」に入ったとき、素晴らしい「紅志野」のぐい呑みを見つけた。口がザクッと斜めに切ったようになっている。初めは失敗作ぐらいに思って値段を見ると高価である。作者の名はメモ紙ほどの小さな紙に「吉田嘉彦」とあった。その時にはまだ作者がどんな人か全く知らなかった。後で調べてみると、人間国宝・荒川豊蔵の内弟子だった人とわかった。それほどの作家の作品が、無秩序に置かれている作品群の中にあったことに驚いたものである。

そんなこともあるから売店に並べられているからといって軽く見てはいけないが、入り口の向こう側の棚の上に「鼠志野」の湯呑みが二つ置いてあった。握ってみると掌に包み込まれるようにしっくりする。やや大きめの造りで、ヘラで削られた縦の面取りの縞が不規則にできている。自然な感じが出ていて面白いので二個とも買うことにした。

現在毎日使っている湯呑みはその時に買った「鼠志野」の内の一つである。茶渋が染みこんで買った時とは色合いがかなり異なってきた。土ものの良さは微妙に変わってくる色合いにもある。傷は月日が経つにつれて全く気にならなくなった。

（二〇一五年）

志野焼（原 憲二）

障子貼り

県内で働いている長男が、転勤で我が家から十分ほどの寮に引っ越してきたのは四年ほど前のことである。その時は二歳の男の子がいた。それから一年後に女の子ができた。

彼の仕事は不規則で夜勤も多い。嫁は新しい生活に慣れた頃、子供たちを連れて週に一度は我が家に遊びに来るようになった。夫婦だけの静かな生活が急に賑やかになり出した。子供も一人だけの時はそれほど感じなかったのだが、二人になるとさすがにこちらも忙しくなる。二番目は女の子だがなかなか元気がいい。この頃は親子が遊びに来た時には、下の子が玄関の引き戸を開けると、

「ただいま」

と、大きな声で入ってくる。そして上の子と同様に家の中を走り廻るのである。

我が家には和室が二室あって、玄関に隣接している広い方を子どもたちがきた折りには使っている。

広いと言っても僅か八畳しかない。ここで二人の子供が走り回るのだから当然障子に穴ができる。

あるとき一日に二ヶ所が大きく破れた。子供の顔くらいな大きさである。どうせまた破られるのだからと、そのまま放っておいた。

ところがあるとき我が家で「お泊まり会」をすると言うことになった。つまり親子三人がこの部屋で一泊するというのである。となるとこのままではまずい。あまりにも穴が大きいので外から覗かれる恐れがある。その後子供たちの様子を見ていたが今以上広がりそうにない。お泊まり会はまだ一週間ほど先だ。そこで破れた所を張り替えることにした。

張る所を再度確認していると別の場所にも小さな穴が大小合わせて十ヶ所あるのがわかった。見たところ指先で穴を開けたものらしい。ついでにその部分は紙を花形に切り抜いて貼ることにした。

自分の子供たちが成長してからは、数年ごとに我が家の障子戸全部を自分が張り替えをしていたものだ。全部で大小合わせて十枚ある。ところが九年前に左肘部管症候群という症状がでて指先が動かなくなり、手術をした。四年後に今度は右手の方に同じ症状がでた。そこでまた手術をした。術後の経過は良かったのに、指先が思うように動かないのと力が入らなくなった。

ペットボトルの蓋を開けるのに、全身で力を集中しなければならないからくたびれる。

障子張りは、退職後は専門の業者に任せていた。しかし今度は部分的だから自分が貼ることにしたのである。

些細なことだがこれだけでも勇気がいる。貼ることに決めたのはいいが、肝心な障子紙を何処に置いたのか思いだせない。前回は何時頃張り替えたのだろうとあれこれ思い出しながら考えているとやっと記憶が戻ってきた。本棚である。探していると本棚の本の裏側に新聞紙に巻いて横にして置いていた。

外側の新聞紙を広げてみた。障子紙は真っ白なのに新聞紙は茶色に色あせて文字も読み辛い。日付を見ると「朝日新聞・一九八七年（昭和六二年）十二月二十七日・日曜日」とある。今からちょうど三十年前である。洋紙と和紙の違いに驚いた。和紙といっても障子紙は書道用の紙より厚いし微かに模様らしい混ざりものがある。太陽の光に当たる場合があるから、紙質も外気に強く作成されているのだろうが、それにしても鮮やかな白であった。

筒状になっている紙を広げて、微妙に震えている指先で一枠ずつ切り、糊付けをする。定規を当ててカッターナイフで切ってゆく。なんとまどろこしい作業だ。それでも少しずつできあがってきた。指先だけの仕事は久しぶりである。作業をしていると障子に関する様々な出来事が脳裏を去来して行った。

今の建築様式は、和室の場合、障子の外側にガラス戸がある。昔は障子の外側には雨戸であった。

自分が若い頃、一年ほど浄土宗のR寺に下宿をさせて貰ったことがある。そのお寺の本堂の東側に三畳ばかりの一室があった。かつてこの地に詩人・「野口雨情」が訪ねてきたとき宿泊した部屋だということだった。この部屋は全面が障子紙で、外側には当然雨戸があったけれども、戸袋のなかに収められていて平時は使われていなかった。だから、内と外は障子紙一枚で仕切られているだけであった。

寺の裏側は急な斜面だから雨が降ろうが風が吹こうがいつも障子戸である。部屋には何の支障もなかった。冬も格別支障がなかった。

ある朝かなり冷えていると思ったら、出入り口になっている戸の隙間から雪が部屋に入り、かけ布団の端に少しだけかかっていた。それでもあまり寒いと感じなかった。若さのせいだと言えば言えないことはないが、子供の頃は山奥で毎年雪が積もり、冬の寒さには慣れていたことにもよるのではなかろうかと思う。

そんなことをふと思い出して、和紙を発明し、それを日常生活に使用していた昔の人達の生活の知恵の素晴らしさに改めて驚いた。「徒然草」に「家の造りやうは夏を旨とすべし。…」

という文章があったのを思い出した。冬の寒さは耐えることができても、夏の湿気は逃げようがないという意味だったと記憶している。

かつてコンクリート造りの職場で働いていた頃、一階の事務室の奥に永久保存の書類が保管されていた。その部屋には常に湿気をなくすために除湿機が設置されていて、毎朝容器に溜まった水を捨てにいくのが仕事のひとつになっていた。どんなに頑丈な建物でも湿度をなくすことはむつかしいのである。

外国に居住した経験がないから比較はできないが、日本の夏の湿気は世界でも珍しいという。「梅雨」は五番目の季節と言われるほど長く、約一ヶ月半ほど続く。最近までタイに住んでいた友人が、雨期はあるが日本ほど湿度が高くないから住みやすいと言っていたことがある。

湿気と木造の住宅や和紙は無関係ではないようだ。木材は湿気を吸収し、和紙はその日の湿度によって伸縮自在である。そのうえ通気性がある。それに先ほどの冬の寒さにも耐えられる。

ところで「和紙・日本の手漉和紙技術」が二〇一四年に「ユネスコ無形文化遺産」に登録された。日本の文化は外国からの輸入したものがほとんどだから、輸入した技術を日本的に改良したものだと思われるが、それでも和紙が世界的に認められた意義はすばらしいと思う。

しかしとまた思う。最近の住宅建築には和室がほとんど無い。障子の張り替えを依頼した業者がそのことを嘆いていた。畳の仕事や襖の張り替えが無くなったので洋間の床のカーペット貼りや、壁のクロス貼りの仕事をしているのだというのである。

一方では和紙技術が世界的に認められながら、片方ではそれを日常的に使用しない生活になっている現実は、なんとも皮肉というか奇妙な現象である。

徒然草の兼好法師の霊が我が家を訪ねて、除湿器で洗濯物を乾かしているのを見たらどう思うだろう。洗濯物はたしかに一時的には早く乾く。その洋服を着た直後は乾いているので気持ちがよいが、ただそれだけのことで、外に出ればまた外気と同じ湿度の洋服になるのは自然の理である。なんと不思議な文化の中で生活していることか、と首を傾けそうであるが、自分は何と答えたらよいのだろう。

「時の流れはこのようなものだ」と、胸を張って言えるだろうか。悩ましい。

障子紙を張り替えて無事お泊まり会も済んだ。その後約一ヶ月になる。きれいなままである。

（二〇一七年）

南の街に雪が降る

南予と言えば温暖な地方をイメージする人が多い。その中でも宇和島市、大洲市、内子町などは観光地として全国的に知られているが、八幡浜市はあまり知られていないようである。五十年ほど前、近くの佐田岬半島に伊方原子力発電所が建設されるというので、マスコミ関係の各社が八幡浜市に事務所を設置していたくらいで、ありふれた漁業と蜜柑の小さな町である。その中で唯一温州蜜柑は日本一の品質を誇り、向灘地区の「日の丸蜜柑」が全国の価格をリードしている。しかし、これは知る人ぞ知るの感があり、関係者以外はあまり気にしていないらしい。

そんな八幡浜市であるが、不思議な自然現象が数年ごとに起きるのである。といってもたいしたことではなく、ただ雪が積もるというだけである。積もるといっても海岸沿いだから、たかだか二、三十センチほどだ。

ある朝のニュースで、天気予報士が今年は例年より寒い日が続きそうだと言っていた。その予報が当たって十一月の終わり頃から寒い日の連続であった。そんななか年を超した一月から二月にわたって寒波の襲来とともに珍しく三度も積雪があった。

最初はうっすらと屋根が白くなる程度だった。これは翌日の夕方には消えてしまった。

二度目のときは家の前にも四十センチほど積もった。平地でそのくらいであるから山奥では二倍くらいにはなっていたかもしれない。「なんだそのくらいの雪は積もった内に入らない」と北陸地方の人達は言うにちがいない。そのとおりで、その朝のニュースでは北陸地方には既に二・三メートルも積もっていると伝えていた。だから北陸地方と肩を並べるつもりは毛頭ないのである。ただ、温暖なイメージのある四国のなかの愛媛県内で、しかも南予地方にだけ、それも八幡浜市、大洲市、内子町、中山町を中心にしか積もらないのである。

その時には外出の予定が無かったので、一応庭の積雪状態を写真に撮って、家の中で消えるのを待っていた。さすがに南予だけあって消えるのは早い。余程寒波が居座っているときでない限り四、五日もすれば元の通りになる。豪雪地方は消えることなく次ぎから次と積もっていくから、冬中雪の中の生活らしい。

ところで、雪は大陸の乾いた寒気が日本海を渡るとき、海水をたっぷり含んでそれが日本列島の中ほどを走る山脈にぶつかり雪となる。必然的に日本海側に大量の降雪をもたらし世界で最も多い積雪となる。西日本でも同じように中国山脈でさえぎられ山陰側に積雪が多く瀬戸内海側には晴れる日が多い、というのが教科書で習った冬の気候であった。それで一応わかったつもりであったのだが、子供の頃、どうして毎年南予の出石山付近に積雪があるのか不思議でならなかった。

他県においても同じ県内でありながら、積雪のある地域と無い地域があるからここに限ったことではないのだが、後年になってパソコンで天気図や衛星画像を眺めているうちになるほどとようやく気がついた。風は必ず北から吹くとはかぎらないのだ。大陸の風が山脈をよけて西周りで吹くとき、遮る山のない関門海峡や北九州の久住山系を通り抜けて、豊後水道や宇和海を渡って突き当たった陸地が、三崎半島とその付け根にあたる八幡浜市である。だから積雪がある前の夜には強い西風が吹き、ガタガタと窓を鳴らしていたのは当然のことなのだった。

あるとき職場で知り合った全国紙A新聞の記者に、若い頃に作っていた詩を纏めた小冊子の「ひらがな詩集」を見せた。その中には雪に関する詩が数編あったのだが、

「雪の無い南予の者がどうして雪に興味があるのか」

と訊かれたことがある。全国紙の記者は数年ごとに転勤がある。その人は富山県出身であっ

た。その地方は言わずと知れた豪雪地帯で、積雪の多いときには二階から出入りするらしい。そんな人からすれば南予に降る雪など眼中には無かったのであろう。あるいはこの地に在勤している間に、街中に積雪したことが無かったのかもしれない。

子どもの頃、山奥の出石山の麓に生まれ育った自分には、毎年降る雪がなによりの喜びであった。いつも二十センチから四、五十センチほどではあったが、大きな家と自分の小さな家とが同じように雪の下に隠れてしまう景色はことのほか好きであった。また、誰も歩いた形跡のない真っ白な道に自分の足跡を創るのが楽しみで、少し歩いては立ち止まり、後ろを振り返って朝日に輝いている雪道に点々と続く凹みに目を細めて確かめていた。後ろの雑木林の中から微かにチッ、チッと鳴く小鳥の声の他には、甲高いヒヨドリの声が嶺から嶺へと頭上を遥かに高く横切っていくのをまるで自分のためにだけ鳴いているように感じていたものである。そんなことの積み重ねが自分の記憶の底辺にあるものだから、成人しても、夜に強い西風が窓ガラスをガタガタ震わして、この様子では明日の朝は雪が積っていそうだと思って床に入る。起きてみるとやはり雪景色なのであった。雪にも匂いがある。自分は、雪が降ると血が騒ぐのである。

そんな昔話はさておいて、少し遡るが三年前の積雪は二十センチ程度で驚く程ではなかった。

ところがその夕方である。伊予灘沿いの国道三七八号線を松山方面から南下していた自動車が、八幡浜市に入る直前の緩やかな坂道で動けなくなり、後続していた百台近くがそのまま一夜を過ごすという、この地方では珍しい事態になった。丁度その状況をテレビが全国放送をしたのである。

東南アジアでは、日本のテレビ放送の一部がインターネットで受信できるらしい。この映像を見ていたタイに住んでいる友人から、「八幡浜は一体どうなっているんだ」と電子メールが届いたのである。

一般の人たちは温暖な南予地方に雪など積もらないというのが常識らしい。だから冬になっても行き先が南予地方だと、スタットレスタイヤに取り替えたり、タイヤチェーンなどを積んで走ることを考えないのだ。この地方の用心深い人は、必ずタイヤを取り替えるのである。

元に戻って三度目のときは、一日目にちょうど自分に松山行きの用事があった。朝起きてみると前回ほどではないが二十センチ程度積もっている。起床前に聴いたラジオのニュースでは、JRは宇和島・八幡浜間が間引き運転と報じていた。この様子ではバスも当然不通だろうと思って松山行きを断念した。行き先きの事務所の受付時間を待って、電話で予約を一日伸ばしてもらった。

翌日、明るくなって外を見ると、積もった雪はそのままだが、曇り空でも雪の降る心配はなさそうだ。心の準備はできていたので出かけることにした。大きな道路に出ると中央当たりはほとんど溶けていた。

我が家から五、六分のところにある停留所でバスが来るのを待っていたが定刻を過ぎても来ない。待っていた五、六人のなかの通勤者らしい若者は、スマホを取り出すとなにやら話していたが、しばらくして近くに止まった軽自動車に乗るとすぐに走り出した。残りの者は腕時計を繰り返し見ながら気長に動こうとはしなかった。

ようやく二十分遅れて到着した。自分はこれから先の乗り継ぐＪＲの時刻には充分余裕をもっていたので、少しの不安もなく駅に着くことができた。

気車の方は二分遅れて到着した。駅舎の周囲や近くの山は積雪でいつも見る景色は一変し、駅前の通りを行き交う自動車の音がいつもより数が少ないようだった。

乗客の数はいつも通りである。

数分で「夜昼トンネル」を抜けると大洲市である。積雪量は変わらない。線路の近くの杉の枝が既に折れたのがあるし、すぐにでも折れそうに大きく曲がっているのもあった。遠くには前回の積雪で山林の中に白く木肌が見えているところがある。雪の重みで幹の途中から折れたらしい。

内子町から中山町にいたる山林はすべて雪の中である。伊予中山駅を出るとすぐにトンネルに入る。八幡浜駅からおよそ四十分ほどだろうか。予讃線で最も長いが、と言っても八分程度の「犬寄せトンネル」である。

トンネルから出たとき突然あたりが明るくなった。なんと雪がない。車窓から空を見上げた。雲の間からは朝陽が射している。近くの山や家並みそれに道路も濡れた形跡がない。今までの雪景色は何だったのか。まるで夢から覚めたときのような別世界であった。

そのときふと川端康成の小説「雪国」の「国境の長いトンネルを抜けると雪国であった。…」という、冒頭の有名な文章の真逆の風景が頭のなかをとおり過ぎたのだった。

南の街にも雪は積もるのである。

（二〇一七年）

信楽焼（澤　清嗣）

小石原焼

二〇〇六年九月十三日の朝、大分県日田市の山の中を、タクシーで福岡県朝倉郡東峰村小石原に向かっていた。そこには江戸時代前期から絶えることなく続いている「小石原焼」の窯元が集まっているのである。小石原焼は民窯、つまり庶民の焼き物である。

周囲は大きな杉の林で陽は遮られて薄暗かった。道路は林道らしくあまり整備されているとは言い難い。急な下り坂である。運転手は四十代と見える女性であった。東京で生活していたとのことで、標準語と方言を巧みに使いわけながら、話してくる。

「このあたりは、鹿がよく道路を歩いています。おたくはどちらからですか」

と、おそらくどの客にも話しかけるような挨拶の言葉であるが、この歳になるまで女性の運転するタクシーに乗ったことがない。とても新鮮な気持ちになっていた。

「四国の愛媛県です。向こうでは鹿は出ませんが、狸や猪がよく出ます」

と応じた。こんな話をしていると、タクシーは谷底を走っているＪＲ日田彦山線の踏切りを横切って、今度は急斜面を登り始めた。既に福岡県に入っている。登るにしたがって霧が濃くなってきた。今日は天気が悪いようだ。斜面を登りきると広い平地である。晴れていれば遠望が眺められるはずなのに、濃霧が立ちこめて二百メートルほど先は視界から消えている。

タクシーは「小石原焼伝統産業会館」の前に止まった。運転手さんに、

「午前中いっぱいはここで窯元を見て廻るので、午後電話を入れたら迎えをお願いします」

と言った。運転手は名刺を出しながら、待ち合わせの場所を教えて、霧の中に消えていった。

窯場の魅力は人によって異なるが、自分の場合は実に単純で、窯元が点在する集落のただ中に立って、風景を眺めているという不作為の行為だけで、不思議に歴史が逆戻りして微かな緊張が全身に溢れ、言いようのない幸福感を覚えるのを楽しんでいるという、ただそのことだけにある。

もちろん個々の焼き物に触れるのも好きである。触るだけで心が落ち着いてくる。

会館の中に入った。小石原焼の歴史、焼き物のできるまでの工程と、全ての窯元の作品が陳列されていた。

小石原焼は、現地で貰ったパンフレットによると、「天和二年（一六八二年）黒田藩主光之公が招いた肥前伊万里の陶工が磁器を伝えます。この中野焼とこの頃すでに小石原にあった高取焼と交流することで小石原焼ができました。昭和の初期まではかめや壺、鉢、徳利といった生活雑器を焼いていましたが、その後、民芸運動の推進者、柳宗悦、バーナード・リーチらによって全国に紹介され、生活の器へと転換していきます。昭和三三年（一九五八年）には、ブリュッセルで開かれた世界博覧会でグランプリを受賞。世界的に評価をうけ、今でも全国の人々に親しまれています」と印刷されていた。

下半分の観光マップを見ると、小石原焼陶器協同組合に所属している五十一軒の窯元が、道路沿いに集まっていた。愛媛県砥部町の「砥部焼」の窯元は約八十戸というから、似たようなものだろう。

民芸品で国の重要無形文化財に指定されている「小鹿田焼」の技法は、この窯場から伝えられたものらしい。飛びカンナ、刷毛目など、技法に一部同じ種類のものが見受けられた。

産業会館を出ると、待ち合わせ場所の「道の駅・陶の里館」に向かって歩いた。

少し行くと左側に窯元があった。小さな展示室がある。中に入って手頃なものがないか見渡したが、気にいったものがない。出ようとして入り口の左手の棚を見ると、目の高さに素晴らしい「ぐい呑」が一個だけさりげなく置いてあった。窯元の看板を見ずに入ったのだが、相当な陶歴のある人のようである。

地図で見た時は、それぞれの窯元が近く感じられたが、歩いてみると隣の窯元までの距離が長い。遠く霧の中に国道が見えた。あの道路の向こう側に道の駅があるはずなのだ。

更に進むと、ふと目の前の右奥に大きな日本風の邸宅があることに気が付いた。表に看板があって、「高取焼窯元」とある。家の近くまで行ってよく見ると戸が閉まっている。横に回って声をかけたが返事がない。しかたがないので引き返した。

高取焼は先ほどの産業会館の中に、特別なガラス窓の棚に水差しが一個展示してあった。渋い緑と褐色がかった釉薬の流れが、ライトを受けて微妙な色合いに輝いていた。遠州好みの焼き物とはこのようなものなのかと、しばらく立ちどまって見つめていた。

小石原焼と高取焼との関係は先ほどのパンフレットに少しだけ載っていたが、まさか窯元がこんなに近くで見つかるとは思っていなかった。

小堀遠州は大名でありながら茶道、建築、造園と多彩な才能を発揮したことで有名である。マルチ才能を発揮した彼は茶道でも有名で、全国の窯場から七つの窯場を選んだ。その一つが高取焼だという。

高取焼を調べているうちに、大きな誤解をしていたことに気がついた。遠州七窯の一つと言われているほどだから、数十戸の窯元が集まっている場所だとばかり思っていた。ところが、その当時には栄えていたのだろうが、現在ではわずか数軒の窯元がその技法を継承しているだけらしい。先ほどの窯元は、その少ない窯元のうちの一軒なのだった。またとない機会だったのにじつに残念であった。

道の駅にようやくたどり着いた。

中に入ると右側に食堂があった。食事をしてぼんやりとテレビを見ていた。ニュース番組になった。内容は、福岡県の職員が飲酒運転をして交通事故を起こし二、三人の死亡者がでたというものであった。その時は自分が福岡県に来ていることを忘れていたものだから、福岡県職員という言葉が人ごとのように感じられていたのだが、死亡事故だから県の内外は関係ないのである。ところがこの事故がきっかけで飲酒事故の扱いが大きく変わるとは思ってもみなかった。すぐに反応したのは高知県の橋本大二郎知事だった。高知県職員が飲酒運転をした者は、事故の有無に関係なく懲戒免職にすると公言したのである。だからといってすぐに飲酒運転がなくなるわけではない。現在も公務員が交通事故を起こした現場でアルコール検査をすると、概ね飲酒をしている。これは公務員とは限らない。若い頃酒を飲んで喧嘩をしても、酒のうえだからとおおめにみる慣習が今なお残っているところに問題がある。文芸批評家で有名な小林秀雄の若い頃の酒による奇行も、それほど悪いイメージとして残されていないようだ。当時と今では自動車の数が極端に違うからだろう。

ともあれ、飲酒事故が報道されるたびに、自分の記憶は、瞬時に小石原焼の道の駅のニュースに逆戻りするのである。

ところで、自分の知っている地元の陶芸家Hさんは、若い頃、小石原焼の窯元で十年間修行した人である。その人はどこかの民芸館に勤務していた頃、民芸品の「用の美」に魅せられて、陶芸の道を進みたいと決心したらしい。たしか館長に勧められて小石原焼を選んだということだった。

あるときHさんと話していて、小鹿田焼が話題になった。彼は、国が重要無形文化財に指定している小鹿田焼に少し不満があるらしいのである。小鹿田焼は小石原焼から伝わったと言われているから、より身近に感じられているのかもしれない。

「もう少しなんとかなりませんかね」

と言うのである。その「なんとか」というのが、具体的には何なのかがよくわからなかった。

少し別のことになるが、自分は毎日朝食と昼食のあと一杯のコーヒーを飲んでいる。そのコーヒーカップが小鹿田焼なのである。模様は「刷毛目」と呼ばれるもので、カップの外側に縦に緑色の刷毛の跡が並んでいる。ソーサーにも同じ色で、中心から五センチほど外に向かって渦巻き状の筆のあとがあり、そこから放射状に一センチほどの間隔で筆をずらしながら刷毛目が付いている。ただ、カップの高台が触れる当たりを金属の円いブラシらしきもので削られていて、そこだけが白く円くなっている。自分はこの白い部分に少し違和感を覚える。そこだけ釉薬がかけられていない。高台を見ると黒みがかっている。触ってみても釉薬の感じがないのである。それにカップの取っ手の接着部分に少し緻密さが欠けているような気もする。

Hさんが、

「もう少しなんとかならないか」

と言ったその「意味」は、もしかすると成形の緻密さと施釉の仕方のことを言われたのかもしれないと思ったりした。別れ際に彼は、

「私は丹波焼が好きです」

と言った。小石原焼へ修行に行っていながら、丹波焼が好きだというのはどういうことだろうと考えたが、自分も同じですと応えたのみで、その後Hさんとは会っていない。再会したら、小石原焼のどの窯元で修行したのかなど、具体的に訊いてみたいことがたくさんできた。

店内を三巡したが、産業会館近くで窯元の店に入ったときに見つけたような作品は見あたら

なかった。手に入れておけば良かったと後悔したが、今更引き返すには時間的に遅すぎるし、体力もなかった。

時間が来たので前の広場に出た。駐車場の隅で、タクシーから降りるときに貰った名刺を出して電話かけた。

駐車場の端のベンチに腰掛けて、文庫本を読んで待っていた。運転手は同じ女性だった。谷底の線路を渡る手前で、「高取焼」が話題になった。

「私は、高取焼の窯元に知り合いがあって、時々お茶を呑みに行きます。素晴らしい先生です。午前中の話しでは、高取焼は次の機会にすると言われていたので、話さなかったのですが…」

と言った。

「私の勉強不足でした。残念です」

そんな会話をしながら、山林の中の暗くて細い道路をつづら折りに上って行った。

（二〇一〇年）

小石原焼（梶原梁山）

タバコの吸い殻

ある朝のことである。

ＪＲ松山駅を出て左側を歩く。大きな自然石に正岡子規の「春や昔十五万石の城下哉」と刻んだ句碑がある。この前を過ぎればすぐに地下道である。人通りが多いから道幅が広い。傾斜は緩やかで、真ん中に幅が一メートルほどのスロープがあり、キャリーなどが通れるように滑り止めができている。両側の階段はスロープの傾斜角度に合わせてあるから不規則である。足の悪い自分はこのスロープを歩く。ときどきキャリーを引っ張っている人に出会う。こんな時には必ず早めに自分が階段に立って通り過ぎるのを待っている。

下りると道は水平になり、十メートルほど歩くと右側に急な階段がある。これを登り切ったところが伊予鉄道市内電車の「松山駅前」の停留所である。

ここは乗降する人が多いから他の停留所に比べて面積が広い。線路から五メートほど離れて壁面側に椅子が長く並んでいる。松山市は観光地で国外の人も多く見られる。それに合わせたのか椅子の寸法が通常よりも大きい。椅子の後ろは高さ二メートルばかりあるコンクリートの壁である。

通常だとこの時間帯は混んでいて、椅子に座ることはほとんどない。しかし今朝は空いていた。それに丁度眼の前には珍しく「坊ちゃん列車」が止まっている。この列車が復元されたのは十五、六年前のはずだ。以来ここに坊ちゃん列車が止まっているのを見るのは初めてである。

この列車は、漱石の小説「坊ちゃん」のなかに「マッチ箱のような」と描写されているように、機関車と客車が一両だけの小さな列車である。（ちなみに、『小説・坊ちゃん』は、漱石が赴任先をこの地を選んだ理由が友人正岡子規の故郷であったからかどうかは不明だが、気に入らないことばかりを書いていて、褒めているのは「道後温泉」だけである。現在の松山市は、行政も市民もこれを逆手にとって観光に利用しているようである。）

見ると客車には外に車掌が立っているが、機関車に運転手の姿がない。

待ち時間があるので、自分は真ん中あたりの椅子に腰掛けた。後ろの壁には城の石垣をイメージした薄い石版が貼ってある。

腰をおろして一息ついたとき、右の後ろの方で何か動いている気配がする。振り向いて見ると、坊ちゃん列車の制服と帽子を被った若い男が、ゴミ拾いに使う長さ三十センチばかりの金属製の道具を右手に持ち、一センチ足らずの石の繋ぎ目にわずかの空隙があるらしく、しきりに道具をそこに差し込んで何かを穿《ほじ》り出しているのである。

そのしぐさを見た時、突然頭のなかに昨夜のテレビの一シーンが甦ってきた。「道具を使う動物」という番組のカラスの場面であった。

どこかの国のカラスが細長い木の枝を咥えてきて適当な長さに折る。それを咥え直して枯れた木の中にいる幼虫を捕るために、細い穴の底まで咥えた木の枝を差し込む。頃合いをみて枝を引き抜くと、枝の先に白い大きな幼虫がぶら下がっている。その幼虫は一度噛みついたら決して放さないのだという。カラスは幼虫の鋭い歯の部分を嘴で砕いて飲み込むのである。カラスは賢いと聞いていたが、これほどだとは思っていなかった。道具を使うことのできるのが他の動物と人間の大きな区別の一つとばかり思い込んでいたらそうではなかったのだ。

眼の前に動いている青年と昨夜のカラスの場面とにはなんら関連性はない。「道具」を使って隙間の中の物を穿りだしている動作に、カラスが餌を穫っているシーンを呼び起こしたというただそれだけのことである。そのとたんに若い男の動作が滑稽に見え始めた。

自分はしばらく様子を見ることにした。

若い男は、挟んだ物を一つずつ広げた左の掌に入れている。見ると掌は一杯である。それはタバコの吸い殻であった。これだけの数が一つの隙間に入っていたとは考え難い。とすると後ろの壁のいたるところに空隙があるのかもしれない。それに一人だけの仕業だけとも思えない。

前例があれば躊躇することなく次の人も同じことをするものだ。

昔は職場の朝の掃除は灰皿を洗うのが常だった。今は時代が違う。ＷＨＯは禁煙を宣言した。喫煙者は隅の方に追いやられている。松山市はタバコから街をきれいにするための条例（松山市歩きたばこ等の防止に関する条例）を制定したと聞いていた。だから電車の停留所には灰皿は皆無である。当然ゴミ箱もない。

偶然と言うべきか窮余の策というべきか、最初に此処に吸い殻をねじ込んだ者は相当の知恵者だと思われる。

想像するに、夜中に残業から帰る途中、どこかの酒場で酒に酔って気持ちがよくなり、ポケットからタバコを取りだして火を点けた。だが携帯用の灰皿を持って歩くほど他人のことを考える人間ではない。吸い終わった残りをどうするか。辺りを見回したが誰もいない。ちょうど後ろの壁の隙間に穴らしきものがある。その穴に吸い殻をねじ込んだ。本人はさほどの罪悪感はない。後日別の者が吸い殻の処理に困って壁を見ると前例がある。これ幸いとその横にねじ込んだ。同じようにしてその数が増えていった。ということではなかろうか。

もし市の条例を持ち出して注意をした人がいたとする。彼は、「歩きタバコではなく、じっと立って吸った」のだと、酔った勢いで「一休さん」流の反論をしたかもしれない…。

ところで、この石板の繋ぎ目からどの程度見えていたのか知るよしもないが、この吸い殻を発見した人は鋭い観察眼を有している。たいしたものである。

この吸い殻を最後に発見した者から、それを除去する人に坊ちゃん列車の運転手が選ばれるに至った経緯を推理していた。

すると突然運転手は時間がきたのか作業を止めて機関車に乗った。手に持った吸い殻を小さなバケツに入れると、「ボー」と汽笛の音を一つ鳴らして出発してしまった。

自分は椅子から立って線路際で待つことにした。しばらくして道後行きの電車がきた。

乗り込んだ自分は、先ほどの運転手がどうしてタバコの吸い殻を拾うことになったのか経緯を考えたが良い考えが浮かんでこない。それはそのはずで、これは考えて分かることではない、伊予鉄道の会社の組織の問題なのだ、ということが分かってきて、ようやく諦めたのであった。

（二〇一七年）

陶芸の杜おおぼり

福島県には「相馬」の名の付いた焼き物が二つある。宮城県境に近い相馬市には「相馬駒焼」があり、そこから少し南の方の浪江町に「大堀相馬焼」がある。

かつて東北地方の生活容器は漆椀が主であったが、瀬戸焼などが出回りはじめやがて陶磁器に変わってきたらしい。大堀相馬焼協同組合事務局・歴史年表によれば、「一七〇一年、相馬藩主・相馬昌胤公、郷土藩士半谷休閑に命じ、窯業普及を図らしめる」。更に、「一七三三年、相馬藩大堀焼保護のため、下り瀬戸物の商売禁止。『商売掟』を布令。(相馬藩政史)」との記載がある。

北の相馬駒焼は相馬藩の御用窯であったが、南の大堀相馬焼は前述のとおり民窯であった。庶民の生活に必要な焼き物だったのである。しかしこの大堀相馬焼は、今のところ浪江町には存在しない。いや、町自体が存在しないのである。

二〇一一年三月十一日の東日本大震災による大津波で、東京電力第一原子力発電所の建屋が爆発し、放射能が飛散したため、原子炉から十キロ圏内にあった浪江町民は強制避難を余儀なくされた。言葉を換えれば町は廃墟となった。廃墟と言えば簡単な響きに聞こえるが、そこで生活する町民が存在しなくなったのだ。あらゆる生産構造の中でも主産業であった大堀相馬焼は、江戸時代から三百数十年の間煙が絶えることがなく、「伝統的工芸品」として経済産業大臣が指定し保護していた。それが近くに原子力発電所が存在していたがために突然閉鎖された。窯元たちは白河市など各地に新居を構えなければならなくなった。浪江町の窯場の歴史は完全に消えてしまったのである。

自分は災害が起きる以前からこの窯場を訪ねるつもりであった。それが体調を崩し実現がのびのびになっていたところに、この度の大震災が起きてしまったのである。今まで頭の隅のほうに彷彿していた大堀相馬焼が急に身近に感じるようになった。というのは、自分の住んでいるこの地が、四国電力伊方原子力発電所の原子炉から十キロ圏内にあるので、とても他人ごととは思えなくなったからである。しかし愛媛県南予の地から東北まではあまりにも遠い。それに体調はすぐれない。それでもどうしても行きたいという気持ちは募るばかりであった。

ようやく実現可能になったときには既に震災から四年一ヶ月が経っていた。念願の浪江町には放射能で規制地区になっているので行くことができない。今までの焼き物がどのようになっているのか、新しい窯場が再建されているのか全くわからなかった。

そこでインターネットで検索してみることにした。その結果ようやく見つかった。隣の二本松市に仮設の事務所ができていた。名称は、「大堀相馬焼共同組合・陶芸の杜おおぼり・二本松工房」というのであった。地図で見ると、浪江町から直線距離で約五十キロ内陸の方だ。震災後、関係者が大学などと共同で原料の採れる場所を探したところ、二本松市に以前と同様のものがあることを確認したらしい。そこで原料の採れる場所に近いここに仮の事務所を造ったという。そこを訪ねてみることにしたのである。

昨夜はＪＲ仙台駅近くのホテルに泊まった。

窯場巡りは自動車をレンタルして走れば簡単なのだが、知らない土地を運転するのは苦手だ。だから、全てＪＲ、路線バスとタクシーを乗り継いでの旅にしている。今日の日程も、東北新幹線で仙台駅から福島駅まで行き、そこで在来の東北本線に乗り換えて更に南下し安達駅で降りる。「駅前からタクシーに乗り十五分ほどで到着する」、というのが探し当てた工房の事務局で教えてもらった道順であった。

常磐線は大津波の災害で全線が開通していないが、内陸の東北本線は被害がなかった。教えてもらったとおりに無事安達駅に着いた。

あまり大きな駅でないからタクシーを拾うのに時間がかかるのではないかと気になっていたが、改札口を出るとまるで自分の到着を知っていたかのように一台のタクシーが眼の前に止まった。

どこに行ってもタクシーに乗ると一声かけたくなる。運転手さんと話しているとその土地の言葉とか話し方で大体土地柄の雰囲気がわかるものである。

その日は、二〇一五年四月一五日であった。

行き先を告げるとあまり行く人がないものとみえて少し考えていたが、心あたりがついたのか発車した。

「このたびの大震災は大変でしたね」

と、ぶしつけだとは思ったが話しかけてみた。

運転手は、

「二本松市の二つの学校にはまだ仮設住宅があるので、運動場が使えないのです」

と、重みのある東北特有の訛りのある言葉で言った。

駅から離れるにしたがって、どこをどう走っているのか全くわからなくなった。知らない土地だから当然なのだが、国道のような大きな道路ではなく、狭い道を曲がりくねりしながらである。山間部で平坦な場所ではないことはわかる。

急な勾配が過ぎてなだらかな場所になったと思うと突然広い工事現場が見えだした。運転手さんは、被災者たちのための工業団地を造成しているのだと言う。広大な土地である。

道路を左に折れて少し行くとプレハブ事務所が三棟連なっていた。右端の店舗らしい建物の前に止まった。目的地に着いたのである。

どこの窯場でも登り窯の高い煙突が昔の面影を残しているものだが、ここには何もない。ただ店舗だけが、それもプレハブの店である。ほかには家らしい建物が一軒も見当たらないのである。少し違和感を覚えながらも引き戸を開けて中に入った。

中央に木造の長い棚があり、それぞれの窯元の作品が並べられている。各地に住所が点在しているとはいっても、こうしてまとまって並んでいると、陶工たちの再興に向けた力強さを肌身に感じた。

たしかに作品を見ていると日常生活に使われる物ばかりである。全体的には青みがかった釉薬をたっぷりとかけた厚みのある器が多い。特に全国でこの窯場でしか見ることのできないといわれる「二重焼《ふたえやき》」という技法の湯呑みがあった。普通は、薄手の湯呑みに熱い茶を入れると、持てば当然熱い。そこで薄手の大小の湯呑みを一つにした。外側の湯呑みの中にもう一つの湯飲みを入れて一個の湯呑みにする。中は空洞になっているので中の熱が外側に伝わりにくい。生活の知恵からでた技法だがはたしていつ頃から始まったのだろう。

もう一つの特徴は貫入に墨を刷り込んで「ヒビ」を際立たせていることだ。貫入とは窯出しの時に外気温との差で起きる不規則なひび割れのことだが、不規則な幾何学的な模様が美しい。通常はそのまま使用して、貫入に染みこんだ茶渋などの色合いを一つの「けしき」としている。特に萩焼や唐津焼などは、使い込むほど味が出るとされているのだ。しかし、ここでは最初から貫入を強調しているのが面白い。

それに左向きの「走り駒」の絵付けがされていることである。左向きの馬は縁起がよいと言われる。

仮設の店舗の棚に作品が並べられているだけだから、歴史の重みが持つ空気感は薄い。だがそれはやむをえないことだろう。やがて工業団地が完成すれば、各地に散らばっている陶工たちも材料が近くで手にはいるこの地に集まってくるのではなかろうか。

客は自分のほか二人だけだった。若い女性の事務員が一人窓口で客の対応をしている。浪江町の強制避難などについていろいろ聞いてみるつもりだったが、先客の支払いをしている接し方などを見ていると、多くを語りたく無いような雰囲気に感じられた。

自宅から電話でこの場所を教えてもらったときの女性の声とは違っているような気がした。棚を三通りほど回って手に取り触りながら好みにあった作品を探した。その間、以前に訪ねた窯場で感じた何かが欠けているような気がしていた。

一時間ほどして好みのものを見つけると作品を持ってカウンターにいった。宅配便で送ってもらうことにして住所、氏名を告げた。そして、タクシーをここまで呼んでほしい旨をお願いした。

代金を払って出口に向かう途中で、何かが欠けているような感情の整理ができないままで表に出た。入り口の左手の部屋の中にはロクロなど工具が見えた。近くには道の駅があるというから、観光客を相手にしているのかもしれない。

空は薄雲に覆われている。新しくできるという工業団地は広大である。原野のように変わっている景色のなかに桜の花を探したが一本も見つけることができなかった。あるのは仮設の三棟の建物があるだけで、掘り返された土が延々と広がっている。三百年の歴史は消えてしまった。店の中で感じた何かが欠けているような感じは、窯場独特の歴史の重みなのだろうと後になって感じた。大堀相馬焼の職人が元の浪江町に帰って窯場を再建できる日がはたして来るのだろうか。それとも、現在散らばっている窯元たちが新しいこの地に団地を形成するのであろうか。いずれにしても彼らの前途は多難である。

帰る途中のタクシーの中から、事務所の裏側には、造成中の大きな重機が二台動いていた。ここの団地の青写真にはどのような完成予想図が描かれているのか、一度見てみたい気が頭をよぎった。

（二〇一五年）

家鴨

梅雨明けのすぐ後に一日中雨が降ったが、その割には思っていたほど増水してはいなかった。三日後にはほぼ元通りの水位に戻り水も透明度を増して川底の石が見えていた。

近くの浜出橋を渡り川上の方へ川沿いに歩きながら、先日帰りに乗ったタクシーの運転手が話していた家鴨のことを思い出していた。

あの日は、仕事の後の打ち上げ会が長くなり、最終便のバスに乗り遅れて停留所に立って流れてくる「空車」のタクシーを探していた。するとほどなく保内町側から帰って来るのを手を上げて止めることができた。

久しぶりにコップ一杯だけのビールが入っている。どんなに会が長引いてもコーラやお茶で時間を潰すのが自分流の飲み方である。二杯以上になるとジンマシンが身体中にでる。それに脈拍が速くなり気持ちが悪くなる。生理的にアルコールを受け付けない体質なのだろうか。

乗り込んだとき運転手は行き先だけ訊いて何も言わずに走っていた。

保内町に入りしばらく行けば喜木川に出会う。橋を渡るとすぐ左に折れて川沿いを下ってい
た。そのときである。沈黙していた運転手が急に、
「ここの家鴨は、雨が降ってもよく流されませんね」
と話し掛けてきたのである。
かねてからそのことを気にしていたので、
「そうですな。私もそのことを不思議に思っていたところです」
と、応じて、これから家鴨のことについていろいろ話そうとしたとき、指定していた場所に
着いたのであった。
普段こちらが考えていることを他人から言われたので、この人も同じことを考えていたのか
と、とても近親感を覚えたものである。

翌日川を見に行くと、探す程のこともなく家鴨は元気に泳いでいた。数えてみると二羽が一
組になり、そこから少し川上の方にまた二羽がいた。初めて見た時は二羽だったのが、二、三
年で四羽になった。
あるとき二羽しか見えないので気になっていると、近くの宮内川で泳いでいることがあった。
どうして向こうの川に行くことができたのか。小さな町なのに川が二本流れていて河口まで合

流していない。河口は二つの川の間に診療所が建っているだけだから、数十メートル離れているくらいだ。満潮時に河口まで下り、隣の河口から入り上流に登れば不可能ではない。家鴨は淡水に生息する鳥と思っていたのは間違いなのか。海水の上を泳いでいる家鴨をいまだ嘗て見たことがない。しかし現実に隣の川へ移動しているのだから、海水の上を泳いだに違いないのである。

しかし、と、また考えるのである。我が家の近くまで満潮時には海水が満ちてくる。水位が上がるので誰でも分かる。水位は上がるが家鴨や鯉も泳いでいる。ということは海水は淡水よりも比重が重いので、下から川の水を押し上げているのではなかろうか。とすると、家鴨が河口から隣の河口まで泳ぐことは不可能ではないような気がした。問題は海に出たときである。はたして海上で泳ぐことができるのであろうか。

凡庸な頭脳ではそれ以上科学的な根拠を求めるには無理がある。諦めようとしたが念のため調べてみた。やはり、家鴨は海上でも生活できるらしい。隣の川で見たと思ったのは勘違いしていたのではなかったのである。

数日後にはまた喜木川に戻って四羽になっていた。遠くまで遊びに出かけることは間違いないらしい。

ある日配達された新聞の子供の欄に、「川が増水しても魚はどうして流されないのですか」

という問答が出ていた。日頃自分が気にしていたことだからすぐに飛びついた。と同時に、なんだ自分の頭脳は子供の程度で、じつに幼稚なことなのだと再認識したが、それでも長年の謎が解けたことの嬉しさに、真剣に読んでいる自分が可笑しく感じられたものである。答えは「川の流れには急な所と緩やかなところがあるので、魚は緩やかなところにいる」ということであった。この程度のことなら、増水したとき小枝やゴミの流れてくる川面を見ていたとき感じていた。だが確信が持てなかっただけである。

魚がそうしているのなら家鴨も同じことをしているにちがいない。このたびの増水後にも、家鴨は何事も無かったかのように悠然と泳いでいた。

以前、学校の夏休みに、小学五年の娘が友達と川遊びをしていたとき見つけたのだといって、家鴨の卵を一個拾って帰った。家鴨の卵は鶏の卵よりも少し大きい。今までに家鴨の泳いでいる姿を何度も見ているのだからその時思い出しても良かったはずなのだが、眼の前に出された卵を見たとき、その瞬間に、かつての子供の頃の記憶が実に鮮明に思い出されてきたのであった。

というのは、当時の実家は川岸に建っていて、隣の小さな小屋に家鴨を二羽飼っていた。その世話をするのが自分の仕事だったのである。

そこは川というより小川と呼ぶ方が適当なほどで、川幅が三メートルくらいであった。小屋は川から二メートルほど高い場所にあって、川から人間がやっと通れるくらいの幅で傾斜の急な道が付いていていた。

夜は小屋の中で寝るのだが、朝になると川に放してやる。山峡のことであるから入り日が早い。夕方まだ陽のあるうちに家鴨を探して小屋に入れるのが自分の仕事になっていた。

近くにいないときは決まって川下の方に遊びに行っている。見付けるとまず家鴨を川沿いの幅の広い道路に追い上げる。だいたい二羽とも同じ場所に遊んでいたが、これを二羽揃って追い上げるのが一苦労であった。ようやく道路に追い上げると家鴨の後ろ姿を眺めながら家路に向かう。

水面を泳ぐときの姿は優雅で美しくもあるが、陸に上がると身体全体を大きく左右に傾けながら、まるで体が壊れるのではないかと思うほど滑稽な歩き方をする。走ることができないから実にまどろこしいのである。急に日が落ちた折りには、早く帰らなければと気は焦るけれども、家鴨の歩く速さは決まっているからどうにもならない。それでも当時はまだ自家用車やオートバイなどを持っている人は一人もいなかったから、道路は家鴨の歩くのに支障はなかった。

このように遠出をするのだが、卵は不思議に小屋の中に生んでいた。集落のどの家にも鶏は飼っていたが、川が傍にあるおかげで我が家では鶏と家鴨の両方を飼っていたのである。大きさを比較すると家鴨の卵の方が大きいのであった。

子供が拾ったという卵は何処にあったのかを訊いた気はするのだが、残念ながら記憶のなかには見つからない。

家鴨は白鳥とは似ても非なるものの代表格のものだろう。アンデルセンの童話に出てくるくらいだから世界中で飼われているらしい。野生のマガモを家畜化したものと言われているが、川の増水した急流にも流されない能力を持っているのはその証しであろうか。

家鴨と自分の運命を比較しても誠に詮ないことであるが、自己の全存在を制御不能な、方や「流水」と方や「時」の流れに委ねなければならないことにおいては、どこか似たような気がしなくもない。自分は不可解な「時」の流れの中で何の抵抗もできずに翻弄され続けて今日まで生きてきた。心の様相は時の流れに従って変わってゆく。精神を持っているから家鴨より高等な動物だと自信をもっているつもりでも、勝手に流れてゆく時に対しては無抵抗で為す術がない。もし僅かでもあるとすれば、自分の心の中に時を刻み込んでいるという、自己満足的な意識を自覚していることだけである。

家鴨は今日も青空の下で、周囲の景色に染まることなく悠々と泳いでいる。純白で詩的な雰囲気を漂わせながら、平常に戻った川面に浮いているのであった。それでも、足は絶えず流れに抵抗して忙しげに動かしているのであろう。

（一九九一年）

プライベート・ライアン

映画は陽炎のようで掴み所がなく、存在するのは、電気と機械とフィルムだけの単なるからくりに過ぎないと分かっていながら、それでも映画の魅力に取り憑かれてしまうから不思議である。

幻覚を見て陰陽師が活躍した時代に逆戻りした感じはあるけれども、現代という科学の発達した時代に身を置くからにはそれ相応に生きてゆかねばならない。

洋画では、スティーブン・スピルバーグ監督の作品と、俳優ではトム・ハンクス主演の作品が好きだ。これから見ようとしている「プライベート・ライアン」はその要件が揃っている。月刊の番組表が会社から月末に送られてくる。一通り目を通していると、かつて評判が良かったのに見落としていたこの作品名に出会ったのである。

簡単な解説がある。「プライベート・ライアン、一九九八年・アメリカ、監督スティーブン・

スピルバーグ、出演トム・ハンクス、マット・デイモン、第七一回アカデミーで監督賞など五部門を受賞、激戦のヨーロッパ戦線を舞台に、ひとりの二等兵を救うため死地に赴いた八人のアメリカ兵の苦闘をリアルなタッチで描く。」

映画が好きだといってもこの作品の存在自体を知らなかった程度だから好きだという部類に入らないかもしれない。題名さえ知らなかったことを恥じるよりもむしろ大きな損失感を覚えてしまった。

最初のシーンは戦死者の墓地に一人の老人とその家族らしき数名の姿が現れる。アメリカとフランスの国旗が風になびいている。広大な芝生の地に十字架の墓標が幾何学的に配列されている。一人の老人が十字架の一基の前に蹲る。そこで、画面はヨーロッパの戦場に変わる。初めに現実のある人物を出し、やがてその人の過去が描かれる。そして最後に初めの場面に戻って終わる。こういった脚本の構成は多く使われる手法である。

ある州に母親と四人の男の兄弟がいた。戦争参謀本部に次々と戦死者の報告が上がってくる。四人のうち三人が戦死した。残りの一人が戦死すれば一家は途絶えてしまう。本部はその一人がヨーロッパの戦場にいることを確認した。しかしヨーロッパのどの地にいるのかわからない。本部からある部隊に伝令が飛ぶ。それを受けた部隊では、この一人（ライアン）を帰還させるために八人の兵士が選ばれる。責任者は、トム・ハンクス扮する中隊長である。

ノルマンディ上陸作戦後の戦場を舞台にした作品は多いが、これもその作品の一つだ。戦場をどのように描きだすかが監督の力量の見どころになる。最初のノルマンディー上陸の模様やそれだけでなく細部にわたって映像を実にリアルに表現している。負傷者の内蔵が飛び出ているところなど直視できないほどの生々しさを冷静にしかも執拗に追う。

各地に分散している部隊を訪ねてライアンの生存を確認してゆく。ある部隊では、何のためにきたのかと責任者が言う。一人の男を無事に帰還させるために来たのだ、それが参謀本部の命令だと答える。ようやく彼の所属する部隊にたどり着く。本人を前に、中隊長は「これが参謀本部の命令なのだ」と言って彼を説得するがライアンはここに残って皆と一緒に闘うと言う。その時には既に八人中二名が亡くなっていた。中隊長は部下の意見を聞き共に闘う決心をする。

合流した僅かの兵と残りの部下とが敵の戦車と闘うことになる。個々の兵士の動きが細部にわたって描かれてゆく。この作品のクライマックスである。

中隊長が爆風で倒れる。そこへ連合軍の爆撃機が応援に来る。意識のある彼の前にライアンが立つ。中隊長は眼を開けて彼に言う。

「ムダにするな。しっかり生きろ」

とそれだけ言うと、彼は静かに眼を閉じる。

場面が最初の墓地に変わる。

蹲った老人の傍に家族が集まってくる。おそらく生き残ったライアンの子どもや孫たちだろう。老人は墓の前でむせび泣く。

カメラが墓碑を少しずつクローズアップする。画面いっぱいになり刻まれた文字が鮮明に見える。英文だから自分の語学力では即座に理解できない。やがてその文字が日本語に翻訳される。そこには「ジョン・ミラー大尉・一九四四年六月一三日戦死」とあった。


自分は久しぶりに感動して心が高揚していた。翻訳された文字を見てはいたが、その文字がどのような意味なのか理解していなかった。墓碑の英語と日本語を交互に見ていた僅か数秒の間に、今までの感情が一瞬一回転したような錯覚を覚えた。その文字の中の死亡年月日が、なんと自分の生年月日と同じであることを鮮明に認識したからであった。

（この作品は、若干の事実を基にしているがフィクションである。にも関わらずあまりにもリアルにできているので、「これに『臭い』が加われば戦場そのものだ」とある評論家が言ったらしい。

アメリカ国防総省に、「ソール・サバイバー・ポリシー」（唯一の生存者政策）というルールがあるのを知ったのも、この作品を観てからである。

あらゆる科学的成果が頂点として軍事に集約され、世界中へ多くの兵士を送り込み、正義と自由主義擁護の名の下に戦場で死んでゆくその一方で、兄弟の内の一人だけを殺さずに帰還させるという国防総省の政策は、一人の母親の声を聞き入れたものだという。

（二〇一七年）

大堀相馬焼（山田慎一）

ゴム長靴を修理する男

戦後の田舎の生活は、麦とかサツマイモなど誠に粗末な物ばかりだったが、それでも腹一杯食べることができた。

身近な物としては、履き物は父が作った藁草履、傘は竹でできた昔ながらの重い日本傘であった。

やがて新しい生活物資が少しずつ出回りだした。傘は軽くて便利なコウモリ傘になり、ゴム長靴も履けるようになった。しかしこれらは貴重品で、通学用にだけ使うことが許されていた。我が家では相変わらず藁草履であった。

私の住む集落は、裏山の頂上にある真言宗の名刹金山出石寺の登山口にあった。山頂は複数の市や町が境界に跨っていたので当然登山口は数カ所に別れている。この集落から登る人はあまりいなかった。

我が家は集落の一番下でしかも道路端にあった。時折り参拝者が家に寄って道順を尋ねたり玄関先でお経を唱える人もあった。そんな時は、母は急いで茶碗に一杯のお米を入れて立っている人に渡していた。

梅雨に入る前のある晴れた日のことである。一人の中年の男がこの集落にやってきた。その男も我が家に立ち寄った。そして母と何やら話していた。

男は、背は高く痩せて顔は細長く髪は黒くバサバサで、口ひげが薄く生えていた。作業着姿でどこかの労務者のような気がした。しかしよく見ると眼は優しそうである。そのうえ母と話している言葉遣いがとても丁寧で、街中からきた人らしく風采とは似つかない垢抜けしたような感じであった。後から母から聞いたところでは、ゴム長靴やコウモリ傘を修理する人だということだった。修理するのに座る適当な場所がどこかにないかと訊かれたので、近くに集会所があるから区長さんに話してみてはどうかと教えてあげたということだった。

家の横に小さな橋があって、渡るとすぐに二階建ての集会所がある。一階はいつも開けっ放しで、櫨の実など集落の荷物置き場になっていた。母はそこのことを教えたようであった。

やがて、その男が一階の三和土の上にゴザを敷いて座り、ゴム長靴やコウモリ傘を直している姿を見るようになった。夜は宿に帰っているようだったがはたして宿はどこなのか、家は何処にあるのか母も知らなかった。

近くの子どもたちは、初めは見知らぬ人だから用心して大人の噂話だけを聞いて情報交換をしていた。そのうちにこの男が温厚で柔和な感じのする人らしいということが分かった。そうすると珍しさも手伝い、子どもたちが誰れかれとなくこの男の前に座って自然に話しかけるようになった。この男は、子どもに対しても丁寧な言葉使いで話していた。

そんなことが続いているうちに、不思議な男について新しいことが分かった。この男は大学を出ていて英語が話せるというのである。このことは子どもたちにとって興味深いことだった。三十戸ほどのこの集落にはかつて大学に行った人が一人だけあった。集落の一番上にある最も裕福な家の子どもで、先の戦争で亡くなったということだった。そのほかはどの家庭も貧しかったから学歴のことを口にする者は一人もなかった。が、あるとき、子どもたちの間でこの男が本当に英語が話せるのかどうか確かめてみようということになったのである。

自分はあるとき男の前に一人で座って手の動きを見つめていた。すると何時の間にか常連の一人が横に来て座った。そして同じようにじっと手先を見つめていた。

しばらくして後からきた友達が、

「おじさん、英語が話せるの？」

と訊いた。その男は、動かしている手を休めることなく急に柔らかい表情になって白い歯を見せた。

「うん、そうだな」

と、髭で薄黒くなった口元を少しゆがめて丁寧な口調で答えた。自分は勇気をだして傘を指しながら、

「これは」

と言った。男と話したのはこれが初めてであった。

「アンブレラ」

即座に応えた。続けて、

「じゃ、これは」

「ブーツ」

目の前に置いている物がなくなって質問を止めた。するとその男は周囲の目に付く物を指しながら次ぎ次と答えるのであった。何げない素振りなのに、自分にとってはその男の姿が何故かとてつもなく素晴らしく輝いて見えたのである。

大学に行けば英語が話せるようになる。自分もいつかこんな人になってみたいという幼稚で

はあるが微かな希望のようなものが芽生えたのであった。

当時の自分には、大学を出た人がどうしてゴム長靴の修理をしているのかという世の中の仕組みが分かるものではなかった。今は世の中が戦後の混乱期のただ中で、人々は食べるためには何でもしなければならず、学歴があるからといってそれが格別役には立たなかった時代だったのである。それらのことがようやく解って、当時はそうするより他はなかったのだと知ったのは、それからかなり後のことであった。

現在、平凡な生き方をしてきた自分の過去を振り返ると、それでも紆余曲折の時があった。そういった節目があるごとに、幼いときに見たあの男の姿が甦えって来るのであった。そして柔和な笑顔で話しかけてくるのである。何故なのか分からない。不思議な縁とでもいうのだろうか。

あの男は、「人生にはその後の生き方変えてしまうほどの判断をしなければならない時がある。それほど重要な出来事であっても、自分なりの哲学さえ持っていればなんとかなるものだ。社会に通用する常識、豊かな教養と想像力を備えていれば生きてゆける。見栄や外見など気にすることではないのだ」と、そのことを諭すために来たのではないかと思うときがある。

以来その男は二、三年姿を見たがやがて来なくなった。誰もその後の消息を知っている者はいなかった。

（二〇一六年）

九谷焼（山岸大成）

赤膚焼の里へ

奈良には、中学校の修学旅行で行ったことがあるだけである。今から半世紀以上も前だから随分変わっていることだろう。当時は観光バスでの移動であった。目的地くらいは微かに記憶にあるものの、経路に至ってはまったく覚えていない。

昨夜京都のホテルで、ＪＲ線で行くかそれとも近鉄線に乗るか随分迷った。今回の目的地は奈良県赤膚山にあるという「赤膚焼」の窯元である。インターネットで調べてみると、近鉄奈良線の「学園前」という駅で降りるのが一番便利だと書いてあった。とするとＪＲ線で奈良駅に着いても、近鉄線に乗り換えねばならない。携帯している時刻表にはＪＲ線しか載っていない。どちらの線も京都駅から乗ることができる。しかしいずれにしても奈良では乗り換えねばならないのだから悩む必要などないことを知ったのは奈良に到着した後であった。気分的にはＪＲ線が慣れているのでそれに乗ることにしてベッドにはいった。

昨夜は心臓の発作が起きなかった。睡眠時間もいつものとおりで疲れはほとんど無くなっている。今日一日無事に過ごすことができそうだ。

快速電車「みやこ」が九時三十三分に出発した。

都会には各駅停車のほか快速電車が走っている。ただ慣れない土地だから止まる駅を確認しておかなければ通り過ぎてしまう。自分は時々気車やバスに乗ると頭の中が休眠状態になり、乗り過ごすことがある。が、今回は奈良駅が執着駅だからその点大丈夫だ。

しばらく走るとビル街が過ぎて一戸建ての住宅が見え始めた。庭や土手の斜面に桜の花が咲いている。花に勢いが感じられないのは、この辺りは夜の冷え込みが厳しかったのだろうか。

愛媛を出発する前日、近くの川縁にある桜並木はほとんど散って、川面に隙間なく花びらが浮き、今年最後の春の名残を見せていた。それに比べると、内陸の花はまだ半分以上も残っている。

京都と奈良の県境は電車では判別しがたい。でも時刻表から察するとまもなく奈良に入りそうである。停車している間に駅名を見たとき木津駅とあった。京都では快速電車の止まる駅としては最後の駅になっている。

しばらくすると奈良駅に到着した。駅前からすぐにタクシーに乗る。余りにも近くだから足が悪いことを理由に近鉄奈良駅をお願いする。二分も走らないうちに着いた。

時計を見ると昼食時間である。駅の中で食べることにして、食堂を探したけれどもどの店もいっぱいで待つ時間が長そうだ。一度通り過ぎた喫茶店を少し戻ってガラス窓から中をよく見るとパンを食べている客がある。中に入りカウンターでサンドイッチを二個とコーヒーを買った。

客は窓際に二人いた。同じく窓際に座った。外には往き来する人が多い。

一個のサンドイッチを食べ終わった時、西洋人と思われる一人の男性が急いで入るとカウンターの前に行き、係の若い男性に外国語でなにやら話しかけた。係の人は流暢な外国語で応対している。時々聞こえる単語からするとおそらく英語のようである。やがて外国人は「サンキュウ」と言って、急いで外に出ていった。

近鉄奈良線はこの駅が始発である。ホームに出て壁に貼ってある時刻表と停車駅を見ると「学園前」は四番目だ。

駅の名が学園前だから近くに学校があるらしいことは予測できる。おそらく大学だろう。

ついに目的地に到着した。しかし赤膚山方面がどの出口なのかわからない。流れに任せて歩いていたが案内表示が見当たらない。しかたがないので近くにいた駅員に訊いた。ようやく外に出た。

バス乗り場を探す。左前方にバスの駐車場がある。立て看板の時刻表を見つけた。「赤膚山行」を見ると次の便は十分後である。

出発するとすぐに急な上り坂になった。大きなコンクリートの建物の正面に「帝塚山学園」の文字が見えた。帝塚山大学はこの学園のグループではなかろうか。バスはやがて緩やかな斜面を上下しながら進む。左右は全て住宅である。町全体が新しいから、学園を基本にした街作りによる開発地らしい。所どころに開発前の名残と思われる自然の樹木が見える。この辺りにはおそらく兎や狸が出没していたのだろう。

一〇分ほどで終点の「赤膚山停留所」に到着した。この一帯が赤膚山と呼ばれていて、「赤膚焼」はこの山の土が原料で、その名の由来もここから来ているらしい。だが、焼き物に関する本には、「土に鉄分が多く、焼き上がりが、ほんのりと赤身を帯びている」からだとあった。とすると、ここの焼き物の歴史は古墳時代の埴輪造りに始まるといわれているから、古墳時代に赤膚山と呼ばれていたのかどうか不明であるが、時代が変わっても山の名称まで変わることはないだろう。日本各地の窯場はほとんどがその地域の名称になっている。

日本六古窯といわれている備前焼、丹波焼、越前焼、信楽焼、瀬戸焼、常滑焼は、中世から今日まで絶えることなく継続している窯場で、「六古窯」という言葉は、戦後全国の窯場を調査した小山冨士夫が提唱した言葉である。名称はいずれも明治の廃藩置県以前の地域の名である。赤膚焼が、古墳時代から今日まで継続されていたのかどうかは不明である。

赤膚焼が確立されたとき、「西・中・東」と三つの窯が開かれていて、その後「東」は消滅して、これから訪ねようとしている大塩正人窯は「西」の窯を継承しているらしい。

どの窯場にも栄枯盛衰の歴史がある。江戸時代初期に活躍した茶人に小堀遠州（本名政一）がいた。彼は自分の好みに合った七つの窯場を選び推奨した。当時はこの七窯は茶人に愛され栄えたらしいが、赤膚焼はその一つで、現在六軒がその流れを継続しているという。赤膚焼は、窯場といっても今では集落ではなく、わずかに6軒の窯元が点在しているだけらしい。

体調の関係もあるので、どこか一軒だけ訪ねるつもりで窯場マップを見ていると、大塩正人窯を見つけた。因縁めいた名である。というのは、数年前に東京に住んでいる娘が、父の日のプレゼントだといって小振りの赤膚焼の「ぐい呑」を送ってくれた。代官山駅の近くで赤膚焼の出張販売があったので、そこで買ったのを送ってくれたのであった。その箱の中の「陶歴」に作者が大塩正とあった。名前が似ているので関係のある人だと思って、確かめてみるつもりもあり、この窯元に行くことに決めたのである。

窯元への交通手段は、「近鉄『学園前駅』で赤膚山行きのバスに乗り、約一〇分で着く。降りると少し戻り、右に折れて、徒歩で三分の所」だとでていた。

終点まで来ると、道路の右側は住宅街なのに、左側には雑木林がある。先ほど通った道路を一分ほど戻ると、右手にやや狭い道路がついている。交差点から緩い下り坂になっていて、右に人家が見えてきた。その前を三十メートルばかり行くと、今度は左側に、広い庭がありその奥に大きな家屋が並んでいる。庭の一角にできたばかりの器が「天日干し」してあった。どうやらここが目的の窯元らしい。右側が展示室のようだ。入り口の上には大塩正人窯と看板が掛けてあった。


声をかけて中に入ったが誰もいない。

「ごめんください」

と、大きな声でもう一度声をかけると、奥の方から声がして、八十歳は既に超している感じの女性が出てきた。

「よくいらっしゃいました。品物を見ていてください。すぐに若い者が来ますので」

とだけ言って中に入った。

正方形に近い部屋の窓際の壁に、高い所では四、五段になった棚があり、日用雑器や茶器が並べてある。価格を見るとどの品も高価な物ばかりだ。半分ほど見た時に四十代くらいの女の

人がお茶を持って入って来た。若奥さんで客の相手をしているのだろう
部屋の中央部に囲炉裏と分厚い一枚板のテーブルがある。椅子は単独の木製で座る所が円い。

お茶をテーブルに置きながら、

「どちらからお見えですか」

「愛媛からです。昨日は京都で京焼を見て、今朝奈良に来ました」

言葉が控えめで、柔らかい感じである。世間話をしながら一通り見終わった。全部地味な作風である。赤膚焼独特のユニークな「奈良絵」の模様のものもある。

大振りな湯呑を見つけた。

「この近くに他の窯元さんがあるのですか」と訊くと、

「ちょうど隣に有ります」

「じゃ、他の作品も見たいので、これからちょっと行って来ます。買いたいのが一つありますので、帰りにまたここに寄ります。」

と言って店を出た。

隣と言ってもたしかに繋がってはいるが、昔の家だから敷地が広い。足の悪い身体では思うように歩けない。

庭の道路に面した所に「古瀬堯三窯」と書いた大きな看板がある。庭の入り口から家を見る

とかなり古そうだ。入り口が空いていたので中に入った。先ほどの店より広い。五十前後の主人らしき人が作品を梱包している。

「ちょっと作品を見せてください」

「どうぞ、ゆっくり見てください」

「この家は古そうですね」

「はい、国の指定建造物になっています」

「古いはずですね」

「赤膚焼は、茶器が有名と聞いていますが」

「そうです。ですが、今は昔ほどではありません。お茶を習う人はあっても、道具一式を揃える人が少なくなりましたから」

「なるほど、そうですか」

話しながら作品を見て廻る。先に見た窯元の作品とは少し違う感じがする。この窯は赤膚焼の流れの「中」を継承しているらしい。窯が隣なのに流れが違うというのが面白い。結局、小さなピッチャーを一個買って店を出た。

大塩正人窯とは道路沿いに並んでいる。

先ほどの店に戻った。中に入って作品を見ていると、先ほどの主婦らしき人が入って来た。

「隣の窯元を見て来ました」

「そうですか、どうでしたか」

「そうですね。少し感じが違うような気がしました」

「赤膚焼も作風に少しずつ違いがありますからね」

ここまで話したとき、先に買いたいと思っていた湯呑が無くなっているのに気がついた。たしかにこの位置にあったはずなのだが、と思いながら少し戻って見直したが、やはり無い。

「あの、たしかここに大振りの湯呑が有ったと思ったのですが、どなたか来られましたか。あの時買っておけばよかったんですが」

「あ、そこにあった湯呑ですか。今ほど外交の人が注文に来られたので、主人が見本に持ち出して話しています。まもなく主人が来ますので」

と言って急いで出て行った。どうりで無いわけだ。

しばらく陳列品を見ながら待っていた。

やがて五十代らしい主人が湯呑を持って入って来た。

「まことにすみません。デパートから注文の依頼がありまして。参考のためにこれを見せていました。」

と言いながら、持っている右手を前に出している。間違いなくこちらが目を付けていた湯呑だ。中央のテーブルに置くと、

「同じようなものですが、これもあります」と言って、左手に持っていた湯呑を並べた。なるほどロクロ目が大きく絵も似ている。しばらく両方を右手で持ち替えながら、どちらを選ぼうかと悩んでいた。そして、

「これにします」

と言うとすぐに主人が、

「そうですね、やはり、長らくもたれているそちらの方の、それが良いと思います」

と言った。この人は、客の心理を研究しているようだ。見比べる場合、無意識に欲しい方を長く持っている。たしかに左手で奥から持って来たほうが、自分の感性に合っている気がしていた。

「愛媛はどのあたりですか」

「八幡浜です。隣が大洲で、少し南に下ると宇和島があります」

「そうですか。宇和島に知り合いがいましてね。時折『じゃこ天』を送ってくれるんですよ。あれを焼いて食べると美味しいですね」

「美味しいです。昔はストーブの上に網を置いて、焼ながら酒を飲んでいたものです。『じゃこ天』は八幡浜にもあります。揚げたばかりの熱いのを、ふうふうしながら食べるのはもう一

段美味しいです。」

「そうですか。京都からは、何で来られたのですか」

「JRで来ました。近鉄もあるようですね」

「近鉄のほうが便利です。私はいつも近鉄です」

「ところで、前後するんですが、この窯に、大塩正という方がおられますね。数年前に、東京の代官山の駅前で出張販売をされているとき、娘がぐい呑を買って送ってくれまして、陶歴に『大塩正人窯』とありましたので、それでここに来ることにしたのですが」

「はい、あれは弟です」

「そうですか」

この家にはいないようだ。もしかすると、弟は「正人窯」として独立しているのかもしれない。陶歴では日展を中心に活躍しているようだった。祖父から手ほどきを受けたと書いてあった。弟が独立して窯を開くのは陶芸の世界ではよくあることだ。

話しは、「焼き物」から「じゃこ天」になったりと、なかなか終わりそうもない。

「私はこれから大阪へ行って、明後日家に帰る予定なので、湯飲みは宅配便で十四日に届くようにお願いできますか。それに、隣の窯元で小物を買いましたので、同じ箱に入れて貰いたいのですが」

「いいですよ。これから大阪ですか」

「はい、大阪で二泊する予定です」

「じゃ、そのように手配します。そしたら代金のほうは、宅配料を含めて、湯飲みの代金分だけを頂きます」

宅配料はサービスということだ。支払いを済ませて帰ろうとすると、

「作業場はあちらですので、見て帰ってください」

と言う。作業場の見学は通常だと予約が要るのだが、今日は予約を入れていなかった。入り口まで主人が案内してくれた。

中に入ると赤い布を頭に巻いている若い女性が足早に近づいてきた。

「これが成形前の土です。ここが成形をする所で、これがロクロ、これが窯です」

話し方からすると明らかに職人だ。この女性はここで修行をしているのか、それともここの娘だろうか。

窯は、鉄製だから、元はガス窯と思われるが、火の入り口を変えて薪の火を中に送り込むようにしてある。ここの主人は、伝統的な薪の炎を使っている。最近は燃料をガスに切り替えた窯元が多いのに面白い方法だ。

作業場の裏の山際に、「登り窯」が三基並んでいる。大きい窯ではないが手前のはまだ新しい。

現在でも作品によっては、登り窯で焼成するのだろう。

「焼き物がお好きのようですね」

「『小鹿田焼』の美しさに惹かれまして、二十年ほど前に、公民館主催の陶芸教室で基本だけ習いました。腰痛がひどくなったので二年で止めました」

「初めてではない方のようでしたので」

どの窯も基本は同じようなものだ。自分が勉強した陶芸教室にも女性が多かった。今ではもっと多いかもしれない。今も教室は続いているらしいから、陶芸の裾野が広くなっている。時折雑誌などを見ると、これは全国的な傾向のようだ。

陶芸には、のめり込むだけの魅力がある。生涯を焼き物の世界の中で生きようとする女性がいても不思議ではない。ここにいた女性も二十四、五歳に見えた。

一通り説明を聞いたので、窯元を後にした。


三日後の午前中に宅配便が届いた。大塩正人窯からだ。梱包を開けると、私宛の白い封筒が出てきた。中には二枚の便せんに太字の万年筆で書かれた礼状が入っていた。ちぎり絵でよく使われる花びらを細くちぎった模様の用紙に、次のように書かれていた。

「拝啓
この度は、遠方より奈良赤膚へご来山下さいまして、誠に有難うございました。また湯呑をお求め下さいまして、重ねて御礼申し上げます。焼き物好きで、色々と旅されているとお聞きしましたが、赤膚は、中田様の目にどのように映りましたでしょうか。その後は名所を見て周られた事と思います。

また機会を作って、お越し下さい。お待ちしております。そして中田様の作られた作品など見せて頂けましたら幸いです。

旅のお疲れ出ませんようご自愛下さい。

ありがとうございました。

敬具

平成二十六年四月十二日

大塩」

（二〇一四年）

宮島焼（川原陶斎）

水底

二〇〇七年の夏は、全国いたるところで記録破りの猛暑日が続いていた。家にいても午後になると部屋に陽が入るので、クーラー嫌いの自分もさすがに毎日のようにスイッチを入れた。どの部屋に逃げてもどうしようもなかった。

やがて子どもたちの夏休みにはいった頃、水の事故が起きてマスコミが次々と報道した。連日の暑さに水を求めて動く人々の心は私にも覚えがある。若い頃は、子どもたちを連れて何度か海に行ったものだ。だが行ったけれども泳いだことはない。泳げないのではない。少しくらいは泳ぐことができるのだが実は海が怖いのである。泳いでいて溺れかかったということではなく、これには特別な理由がある。第一底が見えない。底の見えない水溜まりは不安を通り超して恐怖なのである。

成人式を迎える頃まで、自分は山峡を流れる小さな川を裏にした一軒家で育った。現在とは異なって澄んだ水が流れていて朝起きると川へ顔を洗いに行っていた。

自分の記憶を遡ってゆくと必ずぶつかってしまう事件がある。それは幼少の頃のことである。数ある思い出の中でも突出していて現在の自分はそこから出発しているような気がしている。或いはその事件が他の思い出を打ち消してしまったのではないかとさえ感じる。自分に鮮明な子供の頃の思い出が少ないのは、他の出来事がおそらく些細なこととしてしか存在しなかったのかもしれないのだ。

それはある日の真夜中のことであった。叫び合う人々の声を姉の背中の温もりとともに不思議な気持ちで聞いていた。何ごとだろうと背伸びをして前を見ると大きな家が真っ赤な炎を出して燃えている。数メートル離れた隣の倉はそのままだが、燃えている家と倉の間からか、それとも家に当たった水のしぶきが飛んできたのか、自分の頬に一滴の水が当たった。その僅かの水の冷たさは今でも覚えている。

火事の場面の記憶はそれだけなのだが、翌日であったかそれとも数日後であったか、火事の場面を覆いかぶせるようなことが私の耳に入ってきた。火事の現場のすぐ下の滝壺から人の死体が出てきた。しかもその人は、鞄の中に石を入れ体に縛り付けて浮きあがらないようにしていたというのだ。それを聞いたのは、家の中での両親や兄姉たちの居る部屋であった。なにかひそひそじみたその話し方から、私の心は火事の場面がより増幅されて、その時の心の中に大きな恐怖感が植え付けられてしまった。家のそばの、いつも見ているあの滝壺から、白くなった人の手が浮きあがって見えてくる。当時の私の想像力は恐怖の対象としてこの場面を造りあげ固定してしまったのだ。それが成長するにしたがって薄れて行くのではなくて日に日に大きな黒い影となり、その影が更に大きくなってその後の私の生き方ににまで影響するようになった。

その滝壺は、集落の人たちによって岩場をダイナマイトで破壊し水溜まりを無くしたが、しばらくするとまたもとのような底の見えない滝壺にもどった。

それ以来、私はその滝壺を見ることができなくなった。滝壺は、私の家から道路づたいに三十メートルばかり下ったところにあり、路肩に滝壺の所だけ杉垣ができていて、透き間からのぞくと青黒い水面が見えていた。それがあの火事の件を境に滝壺は魔物の棲む所となり、近づくと吸い込まれるような気がするのだった。

それでも成長するにしたがって友達と水遊びをした。誰が創ったのか知らなかったが、小学校に行く途中の道路から数十メートル下の流れを麦藁の束でせき止めて、子供が泳げるほどの水溜まりを創ってあった。泳ぎ方は先輩たちに教えてもらった。その様子は、時代は異なるが宮沢賢治の『風の又三郎』の川遊びの場面と似たようなものである。

この当たりの川には鮎ではなくて鮠が住んでいた。先輩たちから餌になるミミズや野菜に付く虫を捕って釣り針に餌の付け方を教わり、鮠釣りを覚えた。

その後、結婚して海の近くの町に引っ越して三番目の長男が生まれた。その子が小学生になり、海で釣りがしたいと言いだしたとき、一瞬戸惑いを覚えた。

その頃も、遠浅の海岸で水遊びをする程度ならまだしも、釣りをするとなると近くの桟橋までいかねばならない。そこからは海の底が見えない。恐怖であったが、子供に海が怖いとは言いにくい。しかたがないので「海釣り」の本を買ってきた。

外国の諺に「魚は買って与えるより釣り方を教えよ」という言葉がある。食べ物が無くとも魚の釣り方さえ知っていれば生きて行くことができる。人生から得た深い知恵であろう。

自分にとって子供に教える事のできる唯一のことは海釣りを教えることくらいしかない。

そこで本を読みながら、子供の頃覚えた「鮠釣り」の要領で教えることにした。子供の頃は近くにいくらでもある短い竹竿だったが、この際本格的な釣り竿を買うことにした。

近くにある釣り道具店に行って、大人と子供用のリール付きの竿と鈎の付いたロープに小さなバケツなど、一揃いを買った。

以前桟橋近くに行った折りに老人がサビキ釣りという仕掛けで釣っていたのを思いだしたので、サビキ釣りを教えることにした。これなら初心者でもできる。

栈橋の端から下を覗くと白くなった手が浮き上がってきそうでやはり不気味である。

子供は、仕掛けを下ろすとすぐに小魚が釣れて嬉しそうであった。自分は大きな仕事を済ませたような安堵感に心が緩んでくるのを覚えたものである。

その長男は、現在三人の子供を持つ父親となった。同じ県内に就職して時折実家に帰ってくる。子供三人を連れて泊まりに来た母親の話によると、昨年の夏には家族で釣りに行ったらしい。長男は今でも釣りを趣味にしていて、職場でも同僚と釣りに行くときがあると言っていた。どうやらサビキ釣りではなくて本格的な釣りのようだ。もうあらゆる面で親を超えている。

家の前の川の水は何事もないかのように川底に合わせた流れをしている。しかしその反面、水も少しずつ石を削り流れやすいように自らの形を変えながら流れている。その様相は実にスマートで、ただひたすら海に向かっている。それに比べると、自分のこれまでの人生はまったくぎこちなく、「石橋を叩いて渡る」式の生き方しかできなかったような気がする。かといってこの生き方が悪かったとも思いたくない。子供の頃の偶発的な火事と放火犯の入水事件がきっかけではあるが、だれのせいでもなく、自分の感受性と想像力が元である。その自分で創った枠の中での生き方をしてきたまでのことだ。

今でも底の見えない水溜まりは恐怖である。それが池、沼、川、湖や海であれ変わることはない。通常の人は、死は背中にあるのだろうが、自分の場合は横並びにありそうである。人生とはそんなネガティブなことでは駄目だという声が聞こえてきそうだ。しかし、一人くらいそんな人生を歩いてもよいだろうと独り言を言いながら、今日も浅瀬の川沿いの道を散策している。

（二〇〇七年）

国造焼（三代・山本浩彩）

出石山

私の家の前をまっすぐ西に二十メートルほど歩くと大型トラックが楽に走る幅の市道に出る。そこで左に向きを変えればすぐに喜木川に架かる「浜出橋」がある。

時折この二十メートルほどの橋の中央当たりで立ち止まり、足下に流れる川を見下ろし、水のせせらぎのきらめきの中に想い出を重ねながらゆっくりと眼を上流に向かって上げる。それからまるで舞台の遠景の書き割りのように霞んで見える出石山を確かめる。このひとときがたまらなく好きなのである。

この山は見る場所によっては、富士山に似ている。一番美しく見えるところは川之石湾の方角つまりこの橋の上からの眺めであろう。

左右に連なる山がかなり離れているので、真ん中により高く聳えて見える。霞の多い春や秋などは、その前にやや低い幾重もの山が順次に低くなりながら重なりあい、稜線だけが眼の前に近づいてくる。

曇りの日はほとんど頂上が見えない。標高は八百十二メートルというからそれほど高いとはいえない。

数年前まで山頂は三つの行政区に分かれていた。八幡浜市と大洲市に喜多郡長浜町である。これが平成の大合併によって大洲市と長浜町が一つになり、今では八幡浜市と大洲市になっている。明確な境界線は山頂にある出石寺の境内に立っても分かりにくい。寺の電話局番は大洲局になっている。かつては売店の土産物などは長浜町のものだったが、今では八幡浜市の物も置いてある。

私はこの山の麓に生まれた。家は集落の一番下の川沿いにあるから、集落全体が山腹にへばりついているような格好である。山というものは城と同じように遠くから見ると美しいが、近すぎると土の臭いと樹や草花の香りくらいで別に美学の対象にはほど遠い。

出石山を地元の人たちは「おいずし」とよんでいた。それほど身近に育っていながら、山の正式な名称を最近まで知らなかった。

市が観光用に配布している地図には、「出石山」と印刷してあるが、子どもの頃には「金山」いう山に「出石寺」というお寺があるのだろうと思っていた。というのは、この山の頂上に「金山出石寺」という真言宗の名刹があるからである。普通は「おいずし」で全てが通用していたから格別困ったという記憶はなかった。

ところで近頃、「おいずし」という名が気になりだした。「出石」を「いずし」と読むことは知っていた。あるとき地図を見ていると兵庫県の北部、日本海側に豊岡市出石町というのがあるのを見つけた。ここは平成の大合併までは独立した自治体であった。明治維新で活躍した桂小五郎はしばらくこの地に潜伏していたという。焼き物で有名な「雪よりも白し」と言われた『出石焼』の産地である。

焼き物に関心があるので昨年の夏の終わり頃その地に行くことができた。古くから栄えた小さな盆地であった。この出石町の町名を山に置き換えればよいのだがそれに気がつかなかったのである。素直に読めば「いずしやま」と読めるはずなのである。

気になりだすと書物で確認しなければ落ち着かない性格なので図書館へ行くことにした。「郷土資料」の棚に、越智通敏著「伊予の古刹・名刹」（財団法人・愛媛県文化振興財団発行）の三十一頁から三十四頁に「出石寺」という項目があり、「この寺は、喜多郡長浜町と八幡浜市との境、標高八一二mの出石山山頂にあり、…」という記載がある。出石山に「いずし」とルビがつけてあった。子どもの頃から聞いていた「おいずし」は山のことであった。なぜ金山なのかは子供の頃の謎の一つであったが、これは寺の山号が金山からきていることがわかった。

「大同二年（八〇七）、空海がこの地を巡錫した際山に登り、この山を、菩薩応現の勝地、三国無双の『金山』なりと讃嘆した。…」と書かれていた。

出石山は私にとって故郷の象徴である。都会に出ているわけでもなく家の近くからよく見えるし、距離も地図上で直線に測れば八・五キロほどしかない。故郷というと、「ふるさとは遠きにありて思ふもの／そして悲しくうたふもの…」といった室生犀星の感傷的な詩を思い出してしまう。また、「兎追いしかの山、小鮒釣りしかの川」という歌謡曲も連想する。この歌詞からすると、田舎から都会にで出世して名を成して故郷に帰るというのが「故郷」らしい。とすると、自分には帰るべき故郷がないことになる。だが、いつも故郷のことを考えている。故郷とは、今の自分を育ててくれた場所や人との会話、空気、匂いなどあらゆるものが故郷のような気がする。都会に住んでいる者がよく「私には故郷がない」などと言うのを聞いたことがあるが、それは故郷を物理的な距離で考えているからであろう。故郷にいても常に故郷を思っている者もいる。自分にとって故郷は心の様相なのだろうと確信しているのである。

故郷の概念に着いては別に書くとして、自分には欠かす事のできない思い出がある。

自分は父に抱かれた記憶がない。自分だけではなく当時の父親像はそれが普通であったのだろう。ところが、ただ一度だけ父に肩車をしてもらって出石山の縁日に山門のすぐ下の参道を歩いている姿を思い出すのである。

この記憶はかなり鮮明である。周囲は大勢の参拝者でごった返している。地面が見えないほどなのである。だが、この光景は子供の目から見ると奇妙なのだ。目の位置が自分と父の姿を、更に高い場所から俯瞰しているのである。自分が自分を見下ろしているようなのだ。

今まで自分の唯一の父との思い出と思っていたものが、もしかすると後から誰かから聞いて、それが自分の姿になっているのではないかと思うようになった。

これが創られたものだとすると、自分には父との接触がなく育ったのかもしれない。だが、たとえその光景が他人の話から得たものであったとしても、自分には貴重な思い出なのである。父と写っている一枚の写真を眺めるような感覚で、今なお思い出して懐かしんでいる。

昔、といっても今から六十年ほど前のことになるが、出石山には縁日となるといろんな行事があった。山門の下の広場では相撲大会、頂上の本堂の傍の広場では、大道芸人が日本刀の先で皿を回したり、大きな蛇を操ったり、さらにはがまの油売りが大きな声で宣伝をしたりしていた。それぞれの周囲には大勢の観客が集まっていた。

今では、山門の下まで道路が造られ自動車で行くことができるように便利になった。だが、参拝者は大幅に減っている。

先日参拝したおり茶店に入ってみた。かつては老夫婦だった店番は若い女性になっていた。時代は流れているのに記憶だけは子供の時のままである。

「ゆく河の流れは絶えずして、しかも、もとの水にあらず。…」とは愛読している「方丈記」の書き出しの部分である。いつ読んでも心が洗われる。

そんなことどもをぼんやりと橋の上から眺める出石山は、無言で私の記憶をより強固に繋ぎ止めるのである。

（二〇〇九年）

萩焼（岡田　裕）

ある夏の日に

また夏になった。

昨夜、東京の国立市に住んでいる次女から電話があって、今度の夏休みにはみんなで帰るつもりだと言った。

「こちらに来たら、壮太郎は何をしたいと言っているかい？」

と、訊いてみた。壮太郎というのは彼女の長男のことである。すると、海で魚が釣りたいと言っているとの返事である。父親と釣り堀に行ったことはあるが、海で釣りをしたことがない。そこで海釣りがしたいのだと言っているとのことである。じいじのところは海が近いことを教えたらしい。

自分は近頃足腰が弱くなっているが、釣りならまだ相手になれる。子供にとっては魚の大小ではない。釣れさえすればよいのだ。それにはサビキ釣りに限る。急に頭の中が忙しく回転し始めた。

長男は五歳になったばかりである。海釣りには少し早い気がしたが、近くの桟橋の上なら大丈夫だろうとも思った。ここから自転車で五分くらいである。自分も時折釣りに行くからよく知っている。ただ、この桟橋は「浮桟橋」なので、波の状況によっては微妙に揺れるときがある。子供にとって気になるのはそのことくらいだ。

自分は早速近くの釣具店に走った。子供用のリール付き竿一本と、サビキ釣りのシカケを三個買った。それにバケツと緊急用の短いビニールのロープを一本追加した。この綱は、バケツの柄につないで海水をくみ上げて手洗い用にも使う。餌と氷は、釣りの当日桟橋の近くの店で買うことにした。

当日の朝、私と妻は松山空港に自家用車で迎えに行った。少し早めに着いた。到着ロビーで元気な子供たちの顔を想像しながら表示板を見つめていた。

到着ロビーには年配者が多い。夏休み中なので私たちと同じに子供たちの来るのを待っているのかもしれないと勝手な推量をしていた。

日頃から次女は、電話で子供たちのことが話題になると、

「自分たちの子は、田舎の子供のように育てたい」

と口癖のように言っていた。夫も、小さい頃はたっぷり遊ばせたらいいのだと言うらしい。

外見だけでなく、素朴な人間性と豊かな創造力を備えた子供に育てることが、彼女の育児理念だと考えているらしかった。

住所は東京都内だが、郊外にはまだ農家が並んでいる。子供たちの遊び場は、自宅に近いH大学のキャンパスにある雑木林の中だと言っていた。晴れた日は毎日そこに連れてゆく。大学のキャンパスには草地、雑木だけでなく池もあり、すぐ近くには陸上競技用のグランドがあると言う。

いつだったか長男は池に落ちたらしい。オタマジャクシを捕まえようとして頭から落ちたのだ。二歳のとき、オムツをしたままで近くにある大学のグランドのトラックを、線に沿って二周走り続けたので、父親が後を追っかけるのに大変だったとか、通っている幼稚園の庭の木に登っていて二メートルほどのところから落ちたとか、とかく話題が多い子である。

また、虫を見つけるとすぐに手を出す。あるときは「トカゲ」を見つけて捕まえた。

「そんなもの捕まえてどうするの」と言うと、「持って帰って家で飼う」というから、

「それは飼わないよ」

と返事をすると残念そうに逃がしたらしい。

あるときは小さな蛇を見つけた。周囲にいた母親たちは「キャー」と大声をたてた。長男はすぐに捕まえようと身構えた。次女は「ちょっと待って」と言って、近づいて「マムシ」でな

いか確認すると、

「ああいいよ」

と言うが早いか、喜んで後を追っかけていったらしい。蛇は小さくとも三、四歳の子供に捕まるほど間抜けではない。僅かの時間にどこかに姿を消していたという。

昨年のことだった。

「この前、『三鷹の森ジブリ美術館』の入り口で行列をして待っていると、観光に来ていた三人連れの外国人の一人が、うちの子供たちを指さして、『オー、ジャパニーズ、ボーイ』と叫んでみんなで写真を撮っていたよ。真っ黒に日焼けして、揃いの洋服と麦わら帽子を被っているのが珍しかったのかね」

と笑いながら話していた。

ジャパニーズ・ボーイか。カタカナ文字になると不思議に新鮮に聞こえるからおもしろい。かつてはどこにでもいたものだ。東京という大都会には珍しい姿になっているのかもしれない。

到着時刻になった。上のほうで突然パタパタと音がして、飛行機が無事到着した旨の表示が出た。

最初に出てきたのは長男で、続けて次男が、そして母親である。三人とも笑っている。子供たちは真っ黒に日焼けして、お揃いの麦わら帽子を被り、グレーの半ズボンに白いTシャツであった。

自分は子供の背丈までかがんで、出てきた順に小さい体を抱きしめた。妻も同じことをしている。出会ったときは力一杯抱きしめる。これが私たちの歓迎の儀式なのである。


一週間ほど遅れて父親がやってきた。

その翌日、私と孫たちを含めて五人で、予定の桟橋へ釣り道具を自動車に積み込むと出かけた。

桟橋の上に行くと、子供たちはかすかに揺れているのが不思議そうであった。広さは縦三十メートルに横十メートルくらいだろうか。私はこの桟橋は浮いていることを教えた。

釣り場所を定めると道具を置いた。私は早速長男の竿にシカケを付け、竿の持ち方、特にリールが付いた竿は初めてなので、巻き方を教えた。飲み込みが早い。この子は運動神経が発達している。釣り竿と体のバランスをとりながらあら竿を静かにあげ下げしている。とたんに大声がした。

「釣れた！」

と叫んでいる。小さなアジである。水の中で白く跳ねてキラリと光っているのだ。魚を水面からあげると、跳ねるたびに竿をがピクピクと揺れる。

「じいじ、釣れた！」

と、繰り返し興奮して竿を私の前に倒した。十五センチほどのアジが勢いよく跳ねて、水の中よりも輝いて見える。初めての釣果である。左手の中から飛び出しそうになるのを右手を添えてようやく針を外し、のぞき込んでいる孫に、

「ほら、握ってあれに入れて」

と、クーラー指した。長男は動いている魚を両手で大事そうに持つと、クーラーまで走った。よほどうれしいのか眼が光っている。

私は空になった籠に餌のジアミを一杯いれると、初めと同じ場所にシカケを投げ込んだ。すると三十秒もたたないうちに、

「じいじ、また釣れたあ！　今度は二つ釣れてる！」

と、叫んだ。今の時刻は塩周りがいいらしい。先のと同じくらいの大きさである。針を外す度に長男を呼んで魚を握らせた。

振り向いて両親を見ると、二歳になったばかりの一平の後を追っかけている。だいぶしっかりしてきたがまだあどけない走り方である。漁船が近くを横切ったせいで浮桟橋がゆっくり揺

れている。海の中に落ちないとも限らないのだ。早くこの場から離れたほどよいような気がし初めていた。しばらくすると、両親は桟橋から陸に上がって、駐車場に向かっている。近くの自動販売機で飲み物でも買うらしい。

長男は、よく釣れるものだから、飽きる気配がない。上機嫌である。大人でもこれほど釣れるときは珍しい。針を外したり餌を付けたりと、私は久しぶりに忙しい思いをした。

一時間ばかりして餌が残り少なくなってきた。長男に、

「これを最後に終わりにしょう」

と言って、シカケを放り投げた。

そのシカケにも一匹釣れていた。長男は竿を桟橋に倒した。

釣り竿を片付けながら、長男にどのくらい釣れているか数えてみるように言った。長男は、

「三十四いるよ」

と、満足そうに答えた。

「初めてにしては大漁だ」

と、私は言った。

片付けている私たちの様子を見たのか、両親たちもまた桟橋にきた。私はまた大きな声で、

「大漁だ。三十四匹も釣った」

と、両親たちに聞こえるように繰り返した。長男は、自分の背丈の半分以上もあるクーラーを、よろけながら抱えて陸に上がった。

私は孫のすぐ後ろに釣り道具一式を持って陸にあがった。振り返って桟橋を見た。孫が釣っていた場所の当たりには、モンシロチョウが一匹、今にも落ちそうに大きく揺れながら、それでも目的地があるらしく、桟橋を越えて波の上に飛び出して行こうとしているところだった。

（二〇〇八年）

山椿

　家を新築したら和室から眺められる日本庭園を造りたいと考えていた。その夢がいよいよ実現することになったが、敷地の面積があまりにも少なかったために、庭にするはずの土地がますます狭くなり、はたして庭と呼べるかどうか怪しいほどの広さになってしまった。それでも自分でスケッチブックに図面を書いて知人の庭師に見せた。石と木はそちらで適当なものを選んでもらいたい旨を告げた。庭師はあまりの狭さに沈黙していたが、図面と現場を見つめて沈黙したまま帰っていった。

　しばらくして、庭師は段取りがついたので今日から仕事をしたいと連絡してきた。到着するとまずトラックから石をおろした。さすが専門家だけあって靴脱ぎの平たい石など素晴らしい形をしている。はたして木は何を植えるのかと興味を持って見ていたら、最も西側に三メートル近くあろうかと思われるすらりと伸びた山椿を植えるという。庭にする敷地は道路際の三差路に当たる場所だから西日が相当きつい。日本庭園には山椿がよく植えられている。あまり陽あたりの良くない場所にひっそりと赤い花が控えめに咲いているのを風情があるものだと今まで思っていた。ところが我が家では、まるで家のシンボルのように陽あたりのよい一番見えるところに植えると言うのである。山椿に対するイメージがぐらりと揺れるように変わった。

この位置を選んだ庭師の考えを理解しかねていたが、なにしろその道の専門家のすることだから私見を披露することなく眺めていた。すると、今にも植えられそうな山椿を見て家の者は「一つの花が揃ってポトリと落ちるから気持ちが悪い」と言う。自分もそのことは人づてに聞いていたが、「そう言う人もあるが、椿は『椿寿《ちんじゅ》』という熟語があり長寿を意味するくらいだから縁起がいいのだと思う」とまるで反対のことを答えた。考えてみると、だいいち場所を選ぶほどの面積がないのだから庭師は木の選択に困ったにちがいないのである。その他にも槙など数本を植えた。

日本庭園などと大きな構想を持ってはいたが、たかが分譲住宅地である。先に庭を造り残りに家を建てるという訳にもいかない。先にも書いたとおり庭の面積は猫の額ほどしかない。そこでかねてから考えていたのは「外で見る庭」ではなく「和室から見る庭」であった。和室には雪見障子がある。この雪見障子を二枚上げると横に長い枠ができる。この枠の中に見える庭が頭の中にあった庭である。枠から外れた部分は無いに等しい。できあがりつつある庭はまさに図面どおりで、飛び石が見えるし盛り上がった土の上には数本の木が並び、大小の石の間から横に伸びる山茶花を和室側に向けて正面に配している。この山茶花がアクセントである。小規模ながらまるで料亭の庭のように見える。これで充分である。

ただ問題は端に植えられた山椿がどのような役割を演じるかである。

夏になった。

日照り続きの時は水を毎日撒いて何とかしのいだ。秋になると毎年やって来る台風が宇和海を北上するという。暴風雨域に入るのは真夜中である。西側は陽あたりがきついだけでなく風もまともに当たる。案の定朝起きて見ると山椿が根こそぎ斜めに傾いていた。幹を握って動かしてみると、庭師を呼ぶほどのこともない。自力で元のようにまっすぐに直した。庭師が山椿は根は横に張らないでまっすぐ下に伸びるのだと言っていたのを思い出した。植えて間もないことだから根を張るまでに強風に煽られて根こそぎ傾いたのであった。元に戻したものの、根を張ることができるだろうかという一抹の不安を抱きながらも、毎日水をやっているうちに、冬になり、春先に蕾が付いて赤い花を咲かせた。花が咲いたことだし、一年を経過したのだからもう枯れる事は無いだろうと、植木のことはあまり気にすることなく毎日が過ぎていった。

ある日の午後、和室に独り座って遠くの蜜柑畑を登っているモノラックの音を聴きながら、障子に写る山椿の影を見つめていた。

小学校に通っている一年生の長女が帰って来て先ほどまで外で遊んでいたと思ったら、足音高く玄関の戸を開けると私の座っている和室に入るなり、「父さん、蜂が玄関のポストの下の所に巣を造ろうと頑張っているよ」と大きな声で言った。顔を見ると眼がキラキラと輝いている。子どもからみれば入り口付近に巣を造られると家族の者が射されるので、これはたいへんと思ったのだろう。蜂にとっては自分たちの都合のよい場所に巣を造るのだから、人間の都合などどうでもよいことだ。しかし蜂の都合ではあっても玄関先に創られては自分としても黙っているわけにもいかない。

「わかった、後から行って見るから」

と言ってその場しのぎをした。長女は自分の言いたいことを言ってしまったから納得したのか、それだけ言うとすぐにまた外に出てしまった。

長女は二学期になってから少し落ち着きを見せ始めた。学校や近所でも遊び相手ができだしたようだ。昨年の十二月の末に此処へ引っ越してきたのにはひとつには長女の入学のことを考えてのことであったのだが、私が思っていたよりもなかなか友達ができない。この頃気になっていたのであった。

次女は最近絵本に興味を持ち始め、夜になると自分の所に好きな絵本を二、三冊一緒に持ってくる。「一一ぴきのねことぶた」が特に気にいって、文章は全部暗記してしまっている。疲れて読み間違うと大きな声で訂正させる。それでもやはり持ってくるのは同じ本ばかりで、しかも読む順序が決まっていて、毎晩同じ順序で読まなければ納得しない。最後は「桃太郎」である。これが済むとくるりと横になって眠り始める。

両親とも働いているとどうしても子どもと接する時間が少なくなってくる。子どもたちにしかたがないことだから我慢しなさいと言ってみても、子どもたちからすれば何の説得力もない。子どもにとってはなによりも親の傍にいるほどありがたい。できるだけ子どものために時間をとってやりたい。自分の子どもの頃の思い出と入り交じって、せめて一日に十五ふんか二十分の時間をとの気持ちが、寝る前に絵本を読んだやるという行為となったのであった。長女が一歳半のときから小学校に入学するまで毎晩続け、今また次女の一歳半から毎晩続けている。夫婦がそれぞれ交代で読むのである。これからまだまだ先は長い。

秋の陽は落ちるのが早い。雲間に隠れていた陽がまた山椿の影を障子に移し始めた。自分は心の中が抜けるような静けさを一心に感じながら、ぼんやりと午後のひとときを味わっていた。

（一九八〇年）

鯉

家の前を喜木川が流れている。隣家があるので直接見ることはできないが、西に五十メートルばかり出ると、左の方に「浜出橋」という文字がよく見える。川沿いの道を下流に向かって歩くとソメイヨシノの桜並木がある。この木の下を二歳になったばかりの次女を背負って、水の面を見ながら歩いてみた。夏の間は、川上の方で護岸工事をしていたこともあり水が濁っていたので気が付かないでいたが、秋になり水が澄んでくると、川の中に泳いでいる鯉の姿がよく見える。川の中に鯉を泳がすということは、この地域では珍しい。この家に引っ越してくる以前から話しには聞いていたが、見る者にとってはまことに気持ちが和んでくる。

錦鯉がゆっくりと泳いでいる姿を見ていると、背中の子どもの重さも忘れて、とりとめもないことを考える。

これは一体誰の発想であろう。桜の木の近くに立て札があって「鯉を釣らないように・保内町」とあるから、町が管理しているようでもある。しかし町が鯉を購入して川に放流するというのも不自然だ。どこかの慈善団体が放流していると考える方が自然だろう。

鯉を川に放流していることで有名なのは島根県津和野町である。一度行ったことがあるが川だけではなく、街中の水路にも大きな鯉が泳いでいた。この町の誰かが津和野の放流を真似たのかもしれない。

それはどちらでもよいとして、身近に見ることができて、これほど優雅な泳ぎをする魚は他にいるだろうか。日本では昔から鯉を題材にした絵画が多い。自分は杉山寧の「鯉」を描いた作品が好きである。静かなたたずまいを見せる鯉の群れは、芸術家でなくとも思わず足を止めてしまう。また掛け軸などによく描かれる「鯉の滝登り」は、この魚の「動」に視点を当てたものだろう。喜木川の堰の段差を勢いよく登る鯉は見たことがあるけれども、はたしてどのくらいの高さの滝を登ることができるのだろう。一度見てみたいものだ。

更に昔の人はただ見るだけでは物足りなく感じたのだろうか。空中にまで「鯉」を泳がせた。明治時代に来日したラフカディオ・ハーン（小泉八雲）は、日記に、神戸で見た「鯉のぼり」が空に舞う様を感動のまなざしで表現している。鯉の動きには日本人の心情が合うのかもしれない。

目の前の喜木川は、満潮時になると「浜出橋」あたりまで海水が逆流して、川の流れが止まったように見えることがある。そんなとき、桜の病葉が鯉の背の上を微風で川上に向かって動いている。まるで池の中の鯉をみているようである。

秋の陽に照らされて、赤、白、青、黄金の色とりどりの鯉が、配色も鮮やかに悠々とやさしい動きを見せている。背中の子どもが大人になるときまで、この鯉の群れを見ることができるように守り続けたいものだ。

川の面には、白い雲がくっきりと浮かび、その雲の中を鯉が泳いでいる。

たしかに秋は深まりつつあった。

（一九八〇年）

平清水焼（渡部秋彦）

傘

今年は梅雨に入ったその翌日からよい天気が続いていた。ところが今朝の予報では、発達した低気圧が発生して前線が北上したので雨になるようだと言っていた。窓を開けてみるとはたして霧雨が降っていた。

子どもたちは毎朝のように、今日は雨が降るのか晴れるのかと自分に聞く。自分は最近朝早く眼が醒めるようになったので、五時半ころになると枕元に置いているラジオをかける。寝床の中で今日の天気予報を聞く。それを子どもたちに答えるのである。

長男はこの四月から小学校二年生になった。相変わらず傘をよく壊す。先日、これから雨の日が多くなるだろうと思って子供用の傘を買ってきておいたので、早速それを持たせてやった。新しい傘は気持ちがよいとみえて、喜んで出かけていった。

その日の午後は雨が止んでよい天気になった。自分はいつものように仕事から帰って玄関に入ろうとしたとき、外に置いている傘立てを見た。傘立ての横には今朝持っていったばかりの子供の傘が、それも柄の中ほどからきれいに切ったようになくなっている。今までの壊れ方はたいてい骨の部分が折れていた。よくあることだとべつに気にも止めていなかったが、このように芯になる棒が金具で切ったようになくなっているのは初めてだ。自分は長男にどうしてこのようになったのか訊いてみた。彼は、

「鉄棒に傘の柄を引っかけてぶら下がって遊んでいたら折れてしまった」

と、べつに悪いことをしたという様子もない。ただぶら下がっただけでこんなにきれいに折れるものかどうか不思議な気がしないでもなかったが、隠す様子もなく当たり前のように答えている姿を見ていると怒る気もなくなってしまった。

子どもの言葉を聴いていてかつての自分の当時の頃を思い出した。

子どもたちにとって、傘は、雨よけであるとともに遊び道具であった。しかも高級な部類に属する道具であった。鉄砲にもなるし、刀にもなる。杖にもなれば円盤にもなる。手の届かないところに咲いているきれいな花を、柄の曲がったところに引っかけて摘むこともできる。傘は、親から無言の承諾で与えられる素晴らしい遊び道具であったのだ。

自分は、二つに折れてしまって、もう修理のできなくなった新しい傘を開いたり閉じたりしてそんなことを思い出しながら、しかし親となった今としては、やはり傘は雨よけのためのも

のであり、鉄棒にぶら下がるのは危険だからしてはいけないのだということを、これから長男に言わなければならない自分が、苦しい言い訳をしているような複雑な気持ちになっていた。

夕方の空はすっきり青い。どうやら明日は晴れそうである。

（一九九〇年）

ＪＲ久大本線

朝四時に目が覚めた。昨日は体調が悪く、深夜に時々起きる発作が気になっていたが、その気配もなく熟睡することができた。睡眠時間は五時間半だから、これだけ眠れば十分だ。思ったより疲れがとれている。温泉の効用があったのかもしれない。

昨夜部屋に入る前に、「翌朝七時半にタクシーを呼ぶことと、朝食の時間をしていると気車の時刻に間に合わないのでおにぎりを作ってもらうこと」の二つをお願いしておいた。

宿を出る時間がきたときには両方とも準備が整っていた。タクシーは宿の一階にある駐車場で待っていた。

「平成筑豊鉄道・伊田線」の赤池駅発、田川伊田方面行が八時十四分にある。これに乗り、何事もなく久大本線の夜明駅で乗り継げば、別府駅へ午後一時三十一分に着く予定である。

赤池駅は無人駅である。待合室に腰掛けて、先ほど宿でもらったおにぎりを三個、卵焼き、ウインナー、沢庵三切れを全部食べてしまう。

昨日の昼食はカレーだったが、お米がとてもおいしかった。「上野地方は美味しいお米が採れるので人気がある」とタクシーの運転手さんが言っていた。このおにぎりもやはりおいしい。

時刻がきたのでホームに立っていると、向かいのホームの椅子に腰掛けた若い女性が、鏡を見ながらしきりに化粧を直していた。これから出勤するらしい。

定刻に気車が動きだした。

田川伊田駅に八時三十分に着いた。ここで「JR日田彦山線」に乗り換える。次の気車は九時二分だから、約三十分の待ち時間がある。昨日は乗り換え時間が四分しかなかったので小走りに飛び乗ったものだが、今朝の乗り換えは気分に余裕がある。

ホームで長椅子に腰掛けて文庫本を読んでいたら、白くなった顎髭をたくわえた老人が杖をつきながら近づいて来て、少し離れた場所に腰掛けた。丁度そこへ駅員が来てゴミ箱の整理を始めた。

「駅にゴミをどっさり捨てて困る。家庭のゴミが有料になったので、ここに持って来て捨てる。昔のように物の無い方が良かった。今は、何でもあるから捨てる物が多い。モラルがない」

と、老人に話しかけるように言う。

「まったくモラルがない。困ったことだ」

と老人が答えている。田舎の駅だから知己の間がらのようだ。

気車は路線バスと違って定刻に発着するから、乗り換えさえ気をつければ行動の予定がたてやすい。停車していた車両に時間がきたので皆が乗り始めた。

田川後藤寺駅で、四両編成から二両に減ったが、自分が乗っていた車両はそのままである。数人の乗客が先ほどの髭の老人に挨拶をする。この辺りでは知名人のようだ。一つ前の駅でゴミを集めていたときの話し方にも品があったし、乗り込んで来た人たちとの会話を聞いていると、かなりの知識人らしい。見知らぬ地でのこういった情景は、各駅停車でなければ味わえない醍醐味である。この老人は次の池尻駅で降りた。

池尻駅は九時二十二分発だ。

昨日の朝出発した「筑前岩屋駅」に着いた。九時五十四分だ。ここまでは一度見た景色だった。これから先は、初めての山を見ながら日田彦山線の終点である夜明駅に向かう。到着は十時十五分である。

ＪＲ日田彦山線は、創業時は沿線で産出される石灰石や石炭を運ぶ産業鉄道であったらしい。かつては準急行列車が走っていたとのことだが、今では各駅停車だけである。下りは夜明駅が終点だ。そこで「久大本線」に接続するけれども、この便は乗り換えなしで日田駅まで行き、「特急ゆふいんの森三号」に乗ることができる。

日田駅には十時二十八分に着いた。日田駅発が十一時三十三分だから、まだ一時間余りある。

赤池駅を出てから既に二時間以上経っている。途中に乗り換えで歩いただけだったが、少し腰の痛みが出てきている。このままの状態で時間が経つといずれ意識が朦朧としてくるはずだ。だが今はまだ大丈夫である。予定の便にさえ乗り込めば、大分駅まで、高級な観光列車でのんびり読書ができる。

駅弁を買ったついでに土産物を一つ買った。手荷物が二つ増えているのに特別気にならなかった。

ホームにいるのは自分だけで、ベンチに腰掛け、目を閉じて休んでいた。アナウンスがあったので目を開けると間もなく列車が来た。右手にキャリー、左手に荷物を持って狭い乗降口を乗り込んだ。

指定の椅子に座った。とその時、ハッと気が付いた。大事な物が入っているサイドバッグがない。周囲を確認したが落ちていない。列車は動きだしている。ホームがだんだん遠くなってゆく。今までぼんやりしていた頭の中が真っ白になった。これほどのパニック状態はかつて経験したことがない。

深呼吸をして呼吸を整えた。ようやく冷静になると、これからの行動が明確になった。財布も無ければ携帯も無い。手元にあるのは乗車券だけである。

車内を見渡したが車掌さんの姿はない。とにかく一つ前の車両に行った。運良く年配の男の車掌さんがいた。これほど車掌さんの存在がありがたく思えたことはない。これまでの経緯を話すと、業務用の携帯電話を出して操作していたが、日田駅の忘れ物係に繋がると、

「該当するバッグが届いているかどうかを確かめてください」

と言って携帯電話をわたしてくれた。日田駅の係の人はしばらくして、「届いています」と答えた。外形や中身、運転免許証を見て貰うと間違いなく自分の物である。その旨を車掌さんに話すと、今度は携帯用の時刻表を出して、見つめながら答えだした。おそらく前例があるのだろう的確な言葉である。

「この列車は、湯布院駅に十二時二十五分に着くので、そこで降りて、十四時十六分の特急『ゆふDX四号』に乗り換えて、日田駅に引き返してください。それが十五時十分に着きます。そこで荷物を受け取って十五時五十分発の「ゆふいんの森五号」に乗ると十六時四十二分に湯布院駅に着くので、そこからは普通列車があるから、乗り換えて大分駅まで帰って下さい。繰り返しますが、湯布院駅から日田駅まで引き返す特急には、自由席に乗って下さい。それから、日田駅から湯布院駅までは指定席を買って下さい。乗車券はそのまま使えます」ということだった。

必死にメモをした。書いた文字を読み返していると、これでなんとか今日中に家に帰ることができそうだと安堵した。

しかしまだこれからが大変である。気を許しているとまた同じことを繰り返してしまう。ふと以前読んだ松本清張の「点と線」の世界の中に潜り込んだような錯覚を覚えた。

松本清張は、鉄道の「時刻表」と「地図」を見るのが趣味としている人であった。

時刻表には、東京駅に発着する一日の電車の中でわずか「四分間」だけホームが全部見通せる時間があった。その間隙をついて犯罪の計画が進行してゆく。この作品は時刻表を緻密に読み込まなければ成立しない。

点と線は推理小説だが、自分にとっては、久大本線のまもなく到着するはずの由布院駅と、逆方向の日田駅を往復するという単純な行為だけである。だが、立ったまま列車に揺られて時刻表を見つめながら、不安に満ちた自分のこれからの行動を設定している車掌さんの構想力の素晴らしさに、おのずから敬意の念を抱かざるを得なかった。

自分は車掌さんの指示どおり湯布院駅で降りた。

時間はたっぷりある。湯布院は観光地だからどこかに行こうと思えば出来ないことはない。ところが頭の中にはそんな余裕がない。駅員さんに理由を言って街中に出た。

そういえば三日前にこの駅で乗り換えるために駅前を散策したことを思い出した。今度の旅では湯布院に因縁めいたものを感じる。とりあえず喫茶店を探し、本を読んで時間を待った。

今までにかなりの体力を消耗しているから、集中力が衰えている。それでもぼんやりと思考回路が波のように動いてゆく。

老人が旅行するのは旅行会社のツアーに参加して、貸し切りバスで目的地に行くのが一番楽だ。ガイドさんの後に付いて歩きさえすれば、見て食べて無事に帰ってくる。むしろ観光客の多くはそちらの方を選択している。自分はどうして手間のかかる旅をしているのだろう。その最悪のケースがこの状況だ。

若い頃は職場の慰安旅行に貸し切りバスで出かけたものだ。別府から鹿児島の指宿まで行ったことがある。同じく別府から長崎の「パウステンボス」にも行った。山口県、島根県、京都、滋賀県と、二年に一度の旅行だった。団体旅行はたしかに気楽で便利だ。だが自分にとってはあまり気持ちの良い旅行ではなかった。まずバスの中が狭くて窮屈である。それに団体の意志が無言で支配しているようで、気ままに本など読む気がしない。今はどうか知らないがトイレが無かった。自分はバスに乗ると少し緊張するからトイレが近くなる。こんな身勝手な理由でよほどのことが無い限り長距離のバスには乗りたくないのである。

その点気車の旅は気楽だ。自由に本が読める。気車の中で本を読むのが自分にとっては至福の時なのだ。だが今度の様な無様な状況になる場合もあるから、乗り換える時は少しばかり別の意味での緊張が必要になる。今回の場合はたまたま体調が極度に悪かった結果なのだ。

二十代の終わり頃、毎年夏になると、気車で片道十二時間かけて東京を往復していた。帰路では、真夜中に岡山から宇高連絡線に乗り継いだ。それでも結構何事も無くやりこなせたのは若さ故だったのだろう。その頃にも腰痛はあったのに今ほどひどくなかったのは、筋力でカバーできていたのかもしれない。加齢で体調が悪くなるのは自分だけではないだろう。整形外科医院に行けば、待合室には九割がた高齢者である。

それにしても自分は老化の進行が早過ぎる気がする。同級生は農業のかたわらソフトボールの試合に出たりしている者がいる。日頃の訓練が体力を維持しているのだろう。

今回の失態を加齢のせいして言い逃れをしている気がする。そんなことではこれからの旅行は日に日に難しくなる。自分にはまだ行かねばならない場所がたくさんあるのだ。

時間がきたので改札口で再度理由を説明してホームに入った。これから日田駅まで逆戻りだ。こうなったら腹を決めて開き直るしかない。

途中豊後中村駅、豊後森駅、天ヶ瀬駅に停まり、日田駅に着いたのは時刻表どおりである。改札口を出ると、すぐに受け付けの窓口で理由を述べた。駅員はバッグを出してきて窓口に置くと、「中を確認して下さい」と言う。

中身は全て揃っていた。

「間違いありません。いろいろとご迷惑をおかけしました」

と丁重に御礼を言って受け取った。

指示されていたとおり、特急「ゆふいんの森五号」の指定席の有無を訊くと、空席があった。出発は十五時五十分だから、ゆっくり休める。ホームに入ってベンチに腰掛けた。文庫本を出して続きを読んだが長続きしない。目を閉じて、湯布院駅までの観光列車内の様子や、湯布院駅で普通列車に乗り換えることなどを考えながら、時間を待っていた。


時間が来た。再び観光列車に乗った。今度は緊張とともに幾分心に余裕がある。文庫本を読んでいると、乗務員が来て、「乗車記念のスタンプはいかがですか」という。お願いするとカードをくれた。緑色の四角い用紙に「ゆふいんの森乗車記念」と印刷してある。真ん中にローマ字で「Ｙｕｆｕｉｎ　Ｎｏ　Ｍｏｒｉ」をロゴマークにした丸みを帯びたデザインで、下のほうに本人が年月日を記入するようになっている。専門の印刷物ではなく、パソコンのプリンターで作成したものらしい。これでもサービスの一環だから、無いよりはあったほど想い出の一つになるだろう。

窓の向こうの山の間から一筋の滝が落ちている。この辺りでは観光名物なのだろうか、数秒間列車を止めて見せてくれた。名所で列車を止めるのは観光列車と銘打っているからと思われる。

由布院駅に着いた。ここからは各駅停車だ。余裕の時間をとって十七時三十二分発まで待つことにした。大分駅まで十三駅ある。秋の初めの陽は少し傾き始めていた。

体調さえ良ければ各駅列車の旅が一番いい。ところが今日は足と腰が痛い。ホームで休んでいたせいか腰の痺れは少しとれているが、大分駅まで約一時間ある。

特急列車は、停車駅以外は地元に格別利益が無い。目的地に早く着くだけが取り柄である。数年前、瀬戸内海大橋・尾道―今治ルートが完成した直後に、大三島の「大山祇神社・宝物館」へ行ったことがある。その夜神社の近くの旅館に泊まったおり、宿の女将さんが、

「大きな橋ができて、尾道と今治は近くなりましたが、私たちには何の得にもなりません。神社にも自動車で来て、すぐに松山方面に行ってしまいます。旅館に泊まる人が無くなってしまいました」

と、淋しそうに言われた言葉が忘れられない。

時代の流れとともに新しい交通手段が現れると、その都度現在の生活手段が切り捨てられる。時代のせいだと言えばそれまでだが、簡単に諦め切れないのが人情だろう。

大分駅には十八時三十一分に着いた。普通列車だから待ち時間が二十七分ある。自分の気分としてはそのくらいの待ち時間が丁度いい。日豊本線に乗り換えて別府駅に着いたのが十九時九分だった。

タクシーで別府港に着く。フェリーの出港は二十時五十分だ。暗くなった乗り場でベンチに腰掛け、別人のようになった身体で蹲った。さすがに客の数が少ない。

日田駅で忘れ物をしなければ、フェリーに乗るのは十四時丁度になるはずだった。結局六時間五十分遅れてしまった。でも、遅れるのも旅の一部である。これで自分の旅が終わったわけではない。足が動く限り、生きようとする意欲が消えない限り旅を続けるだろう。

船は気車のような定時とはいえないが、出港の時間になった。これから夜の豊予海峡を渡るのだ。

乗船しても本を読む気がおきない。相部屋の仕切りに背を向けて足を伸ばす。ただ目をつむってじっとしているだけだ。これから到着までの二時間四十分が、ＪＲ久大本線の上で揺れ続けていた身体を休める休憩時間である。

今までも長旅をしたことはある。しかしこれほど慌ただしい思いをしたのは初めてだった。

線路の上を途中からではあったが二度も往復した。ふとした気の緩みからの忘れ物がこれほど我が身を慌てさせる結果になろうとは予想だにしていなかった。

気車は定まった線路の上をただ走るだけである。世間では鉄道と人生の旅とが似ているという話を聞くが、なるほど考えてみればそう見えなくもない。

自分の人生を希望どおりに生きようと努力をするけれどもなかなか思うようにはいかない。あれかこれかと悩んだこともある。その都度良い方を選択したはずなのに、時間が経てばこんなことではなかったと反省する。自分の心に核となる思想と明快な論理的判断力が備わっていなかった証拠であるが、それを悔やんでもしかたがない。

疲労と睡魔とが混濁した意識の自分を乗せて、フェリーのエンジンは軽い振動を身体全体に伝え続けている。

波は静かだったが、豊後水道に入る頃いつものように船体が大きく揺れるのを感じた。これを過ぎれば佐田岬の灯台が見えるはずだ。

甲板に出た。光が所々に街灯か家の明かりか定かではないが星のように瞬いている。目を凝らすと、三崎半島が暗闇の中に微かに横たわっているのが浮き上がってきた。

八幡浜港に着いたのは二十三時三十分だった。気車に乗るのを目的にしたような奇妙な旅の終わりであった。

（二〇〇六年）

追記

文中冒頭部分の「日田彦山線」は、二〇一七年七月の北九州集中豪雨により壊滅的被害をうけた。二〇二一年一月現在、全線復旧が不可能になったとして、添田駅から夜明駅までが代行バスで運行されている。

あとがき

前回随筆集と題して一冊の本にまとめてから速くも五年が経過しました。あくまでも気の向いた折に机に向かっているという状況ですから時間だけが先行してゆくのは当然な成り行きかと思います。

書く素材は、身の周りの些細なできごとや眼に触れたものを拾い上げて単に原稿用紙を埋めているだけなのですがそれでもなかなか前に進みません。が、それでも書きたいという気力だけはまだ持ち続けております。

そのような私ですが、近年原因不明だという身体の症状が何度か発生してその対応に苦慮しているのが実情です。今日と同じ日が明日もあるとは信じられない日常となりました。けれどもそのような日常であっても、書くという作業が、自己の存在として疑うことのできないもの、今という時間との交差点に確実に存在しているというその有り方が自己を満足させてくれます。そしてそれだけが私を普遍の世界に遊ばせてくれるのです。願わくばただ穏やかな日常であることを祈るばかりです。

しかしながら、昨年来「新型コロナウイルス」の感染拡大で日本のみならず世界中が恐怖の禍中にありましたし、それはまだ続いています。恐怖を覚えたとき人間の真価が問われるとも言われます。

毎日死亡者の数が報道されてその膨大な数に感覚が麻痺し、命の重さが数字化されているようで奇妙な錯覚を覚えてしまいます。速く終息することを願ってやみません。

この文集は前回割愛したものとこの五年間で新しく書いたものを合わせて上梓しております。相変わらず稚拙な文章ですが御一読いただけると幸甚に存じます。

二〇二一年六月十三日

中田　高友

著　者　中田高友（なかた　たかとも）
2003年八幡浜市役所退職
現住所　愛媛県八幡浜市保内町宮内 1-62-9

中田高友随筆集　青鷺と遊ぶ

2021年9月10日 発行　定価＊本体価格 1400円＋税
著　者　中田　高友
発行者　大早　友章
発行所　創風社出版
〒791-8068 愛媛県松山市みどりヶ丘９－８
TEL.089-953-3153　FAX.089-953-3103
振替 01630-7-14660　http://www.soufusha.jp/
印刷　㈱松栄印刷所　製本　㈱永木製本

 ISBN 978-4-86037-306-1